Goosebumps®

Goosebumps®

Goosebumps®

雞皮疙瘩 5

魔鬼面具
The Haunted Mask

R.L. 史坦恩（R.L.STINE）◎著

孫梅君◎譯

致台灣讀者

讀者們，請小心……

我是R・L・史坦恩，歡迎到「雞皮疙瘩」的可怕世界裡來。

你是否曾在深夜裡聽到過奇怪的嚎叫？你是否曾在黑暗中聽到腳步聲——卻根本看不到人？你是否見過神祕可怖的陰影，幽幽暗處有眼睛在窺視著你，或者身後有聲音叫你的名字？

如果是這樣，你應該了解那種奇特的發麻的感覺——那種給你一身雞皮疙瘩、被嚇呆的感覺。

在這些書裡，幽靈在閣樓上竊竊低語；膽顫心驚的孩子忽而隱形；稻草人活了，在田野裡走來走去；木偶和布娃娃也有生命，到處嚇人。

當然，這些都是磨礪心志的好玩的嚇人事。我希望你們感到害怕，同時也希望你們大笑。這都是想像出來的故事。當然，最可怕的地方在你們自己心裡。

過個害怕的一天吧！

R.L. Stine

出版緣起

人生從奇幻冒險開始

城邦媒體集團首席執行長 何飛鵬

我的八到十二歲是在《三劍客》、《基度山恩仇記》、《乞丐王子》中度過的。可是現在的小孩有更新奇的玩具、電玩、漫畫，以及迪士尼樂園等。

八到十二歲，正是孩子從字數極少、以圖畫爲主的繪本閱讀，跨越到漸漸以文字閱讀爲主的時期。也正是訓練孩子從圖像式思考，轉變成文字思考的重要階段。在這個階段，養成長期的文字閱讀習慣，能培養孩子敘事、分析、推理的邏輯思辨能力，奠定良好的寫作實力與數理學力基礎。

然而，現在的父母擔心，大環境造成了習於圖像、不擅思考、討厭文字的一代。什麼力量能讓孩子重回閱讀的懷抱呢？

全球銷售三億五千萬冊的「雞皮疙瘩」，正是爲了滿足此一年齡層的孩子的需求而誕生的！

無論是校園怪奇傳說、墓地探險、鬼屋驚魂，或是與木乃伊、外星人、幽靈、吸血鬼、殭屍、怪物、精靈、傀儡相遇過招，這些孩子們的腦袋裡經常出現的角色或想像，經由作者的生花妙筆，營造出一個個讓孩子們縱橫馳騁的魔幻時空、光怪陸離的神奇異界，經歷各種危急險難，最終卻又能安全地化險為夷。這樣的冒險犯難，無論男孩女孩，無不拍案稱奇、心怡神醉！

本系列作品被譯為三十二種語言版本，並在全球數十個國家出版，創下了出版史上多項的輝煌紀錄，廣受世界各地孩子的喜愛。作者史坦恩表示，這套作品之所以成功，是因為多年的兒童雜誌編輯工作，讓他對兒童心理和兒童閱讀需求有了深刻理解——他知道什麼能逗兒童發笑，什麼能使他們戰慄。

我們誠摯地希望臺灣的孩子也能和世界上其他的孩子一樣，有更豐富多元的閱讀選擇。更希望藉由這套融合驚險恐怖與滑稽幽默於一爐，情節緊湊又緊張的「雞皮疙瘩系列叢書」，重拾八到十二歲孩子的閱讀興趣，從而建立他們的閱讀習慣，擁有一個快樂學習的童年。

現在，我們一起繫好安全帶，放膽體驗前所未有的驚異奇航吧！

專文推薦

戰慄娛人的鬼故事

國立臺北教育大學語文與創作系兒童文學教授　廖卓成

這套書很適合愛看鬼故事的讀者。

文學的趣味不止一端，莞爾會心是趣味，熱鬧誇張是趣味，刺激驚悚也是趣味。有人擔心鬼故事助長迷信，其實古典小說中，也有志怪小說一類，《聊齋誌異》就有不少鬼故事。何況，這套書的作者開宗明義的說：「這都是想像出來的故事」，不必當眞。

既然恐怖電影可以看，看鬼故事似乎也無妨；考試的書讀久了，偶爾調劑一下，對頭腦卻是有益。當然，如果看鬼片會連續失眠，妨害日常生活，那就不宜勉強了。

雋永的文學作品，應該有深刻的內涵；但不少兒童文學作品說教有餘，趣味不足。只要有趣味，而且不是害人爲樂的惡趣，就是好的作品。鮑姆（Baum）在《綠野仙蹤》的序言裡，挑明了他寫書就是爲了娛樂讀者。

倒是內行的讀者，不妨考校一下自己的功力，留意這套書的敘事技巧，由主角「我」來講故事，有甚麼效果？書中衝突的設計與化解，是否意想不到又合情合理？能不能有不同的設計？會不會更好？這是另一種引人入勝之處。

導讀

結局只是另一場驚嚇的開始

耿一偉
臺北藝術節藝術總監
臺北藝術大學戲劇系兼任助理教授

不知道大家還記不記得，小時候玩遊戲，比如捉迷藏等，都會有一個人要當鬼。鬼在這個遊戲中很重要，沒有鬼來捉人，遊戲就不好玩。這些遊戲的關鍵特色，不是人要去消滅鬼，而是要去享受人被鬼追的刺激樂趣。所以當鬼捉到人後，不是遊戲就結束，而是下一個人要去當鬼。於是，當鬼反而是件苦差事，因爲捉人沒有樂趣，恨不得趕快找人來替代。所以遊戲不能沒有鬼，不然這個遊戲就不好玩了。

在史坦恩的「雞皮疙瘩系列」中，這些鬼所扮演的角色也是類似遊戲中的鬼，給我帶來閱讀與想像的刺激。各位讀者如果留意一下，會發現在他的小說中，都有一個類似的現象，就是結局往往不是一個對抗式的終局，一種善惡誓不兩立，以消滅魔鬼爲最終目標的故事——這比較是屬於成人恐怖片的模式，不是你死，就是人類全部變殭屍。但「雞皮疙瘩系列」中，你的雞皮疙瘩起來了，可是結尾的時候，鬼並不是死了，而是類似遊戲一樣，這些鬼換了另一種角色，而且有下一場遊戲又要繼續開始的感覺。

礙於閱讀的樂趣，我無法在此對故事結局說太多，但各位看完小說時，可以再回想我在這裡說的，就知道，「雞皮疙瘩系列」跟遊戲之間，的確有類似性。換另一個角度來看，這些主角大多爲青少年，他們在生活中碰到的問題，如搬家面對新環境、男生女生的尷尬期、霸凌、友誼等，都在故事過程一一碰觸。

「雞皮疙瘩系列」令人愛不釋手的原因，也在於表面上好像主角是鬼，但讀到一半，你會感覺到，故事的重點不知不覺地從這些鬼怪轉移到那些被追的青少年身上，鬼可不可怕不是重點，重點是被追的過程中，一些青少年生活中的苦悶，也被突顯放大，甚至在故事中被解決了。所以你會在某種程度感受到，這本書的內容是在講你，在講你的生活，在講你的世界，鬼的出現，只是把這些青春期的事件給激化了。

另一個有趣的現象，是從日常生活轉入魔幻世界的關鍵點，往往發生在父母不在身邊，然後主角闖入不熟識空間的時候——比如《魔血》是主角暫住到姑婆家、《吸血鬼的鬼氣》是闖入地下室的祕道、《我的新家是鬼屋》是新家的詭異房間……等等。

因爲誤闖這些空間，奇怪的靈異事件開始打斷平凡無趣的日常軌道，一段冒險展開了，一場你追我跑的遊戲開始進行，而父母們往往對此毫無所悉，不知道自己的兒女在故事結束時，已經有所變化，變得更負責任，更勇敢。

「雞皮疙瘩系列」的意義，也在這個地方。在平凡無奇充滿壓力的青春期校園生活中，有那麼多不快樂、有那麼多鬼怪現象在生活中困擾著我們，但這無法跟家長說，因爲他們不能理解，他們看不到我們看到的。但透過閱讀，透過想像力所引發的鬼捉人遊戲，這些不滿被發洩，這些被學校所壓抑的精力被釋放了。

幸好有這些鬼怪的陪伴，日子不再那麼無聊，世界可以靠自己的力量改變。

終究，在青少年的世界裡，鬼怪並不是那麼可怕，在史坦恩的小說中，也往往會有主角最後拯救了這些鬼怪的情形，彷彿他們不是惡鬼，而比較像誤闖人類世界的外星人……這也是青少年的焦慮，他們正準備降臨成人世界，這件事讓他們起了雞皮疙瘩!!

這句英文怎麼說

這通心粉簡直就是用橡皮做的。
This macaroni is made of rubber.

1.

「妳萬聖節打算扮成什麼？」莎賓娜．曼森問道。她手中的叉子不停的攪動著餐盤中鮮黃色的通心粉，卻一口也沒吃。

「我不知道，也許扮巫婆吧！」嘉莉貝絲．考德威爾搖搖頭，嘆了一口氣。餐廳天花板上的燈光照得她棕色的直髮閃閃發亮。

「妳要扮巫婆？」莎賓娜張大了嘴說。

「怎麼？不行嗎？」嘉莉貝絲隔著餐桌直盯著莎賓娜問。

「我還以為妳怕巫婆怕得要命呢！」莎賓娜回答後，把通心粉送進嘴裡，嚼了起來。「這通心粉簡直就是用橡皮做的嘛！」她邊嚼邊抱怨著，「提醒我得開始帶飯了。」

「我才不怕巫婆呢！」嘉莉貝絲堅決的說，深色的瞳孔閃爍著怒火。「妳覺得我是個膽小鬼，對不對？」

「沒錯。」莎賓娜咯咯的笑了起來。她快速的甩了甩頭，將黑色的馬尾辮甩到肩膀後面。「嘿，嘉莉貝絲，別吃通心粉，眞的好噁心喲！」她伸手到餐桌另一頭阻止嘉莉貝絲舉起叉子。

「但是我快餓死了！」嘉莉貝絲抱怨道。

餐廳變得擁擠、喧鬧起來。隔壁桌一群五年級的男孩，正把一個半滿的牛奶盒子扔來扔去。嘉莉貝絲看見查克．葛林把一個鮮紅色的水果捲揉搓成一球，接著將那團黏糊糊的玩意兒整個塞進嘴巴裡。

「好噁心哦！」她對他做了個作嘔的表情，然後轉向莎賓娜說：「我才不是膽小鬼，莎賓娜！只不過每個人都喜歡捉弄我，而且……」

「那上星期的事怎麼說？妳記得嗎？在我家裡？」莎賓娜撕開一袋墨西哥玉米片，遞給嘉莉貝絲一些。

「妳是說鬧鬼的事嗎？」嘉莉貝絲皺了皺眉，接著說：「那件事眞是太愚蠢

這句英文怎麼說

那件事真是太愚蠢了！
That was really stupid.

了！」

「但是妳卻信以爲眞，」莎賓娜嘴裡塞滿了玉米片，說道：「妳眞的相信我家閣樓上面有鬼。當天花板開始嘎吱作響，傳來陣陣腳步聲時，妳眞該看看自己臉上的表情。」

「那眞是太惡劣了！」嘉莉貝絲翻了翻白眼，抱怨著說。

「後來當妳聽見腳步聲走下樓梯時，妳的臉色變得一片慘白，甚至還放聲尖叫呢！」莎賓娜回憶著說：「而事實上那只是查克和史蒂夫。」

「妳明知道我最怕鬼的……」嘉莉貝絲滿臉脹得通紅。

「還有蛇、蟲子、巨大的聲響、黑暗的房間，以及——巫婆！」莎賓娜接道。

「我不明白你們爲什麼老是要捉弄我，」嘉莉貝絲噘起嘴，並把餐盤推開。

「我眞不明白爲什麼每個人都覺得嚇唬我那麼有趣，就連妳——我最好的朋友也一樣。」

「我很抱歉，」莎賓娜眞心說道。她伸出手，打氣似的捏了捏嘉莉貝絲的手腕說：「那是因爲妳太容易受驚嚇了，以至於我們忍不住就想嚇唬妳。那……

妳還要一些玉米片嗎？」她把袋子遞給嘉莉貝絲。

「也許有一天，換我來嚇嚇你們。」嘉莉貝絲威脅道。

「門兒都沒有！」莎賓娜不由得笑了起來。

嘉莉貝絲仍然噘著嘴。儘管她已經十一歲了，但個子還是很矮小；再加上圓圓的臉孔和短短的鼻子（她討厭自己的鼻子，總希望它能長長一些），使她看起來比實際年齡小了許多。

而莎賓娜的個子很高，膚色較深，外表看來也很成熟——她留著一頭黑色直髮，在腦後紮成馬尾，並有著一雙大大的深色眼眸。每個看見她們在一起的人，總以爲莎賓娜十二或十三歲，卻不知嘉莉貝絲還比莎賓娜大上一個月呢！

「也許我不會扮巫婆……」嘉莉貝絲雙手托著下巴，若有所思的說：「我會扮成一個噁心的怪物，眼珠子掛在外面，綠色的黏液從臉上滴下來，還有……」

突然間，一記響亮的噹啷聲響起，嚇得嘉莉貝絲驚叫出聲。

她花了幾秒鐘才明白那只是一個餐盤掉在地上的響聲，並回頭看見蓋比·莫瑟的臉脹得通紅，正彎下腰清理掉到地上的午餐。餐廳裡頓時充滿一陣鼓掌與喝采聲。

嘉莉貝絲彎著身縮在椅子上，因爲自己剛才的尖叫聲而困窘萬分。

等到她的呼吸好不容易恢復正常，一隻強而有力的手忽然從背後捉住她的肩膀——嘉莉貝絲的尖叫聲再次響徹整間餐廳。

這句英文怎麼說

也許有一天，換我來嚇嚇你們。

Maybe I'll scare you some day.

2.

嘉莉貝絲聽見一陣狂笑。另一桌有人大聲喊道：「做得好，史蒂夫！」她猛然回過頭來，看見她的朋友史蒂夫・包斯威爾站在她的背後，臉上掛著一抹惡作劇的笑容說：「嚇到妳了吧！」然後鬆開她的肩膀。

史蒂夫拉開嘉莉貝絲身旁的椅子，彎身靠在椅背上。他的死黨查克・葛林也把書包扔在餐桌上，在莎賓娜旁邊坐了下來。

史蒂芬和查克外貌神似，簡直就像是一對兄弟。兩人都長得又高又瘦，留著一頭棕色直髮，老是用棒球帽遮蓋著。此外，他們倆都有一雙深褐色眼睛、掛著一臉傻笑，同樣穿著褪色的藍色牛仔褲和深色的長袖T恤；而且兩人最愛嚇唬嘉莉貝絲，喜歡整得她又叫又跳的。

這句英文怎麼說

妳要吃三明治嗎？這我不要了。
Want a sandwich? I don't want it.

他們會花上好幾個小時，設計新點子來戲弄她。

嘉莉貝絲每次都暗自發誓，以後絕不、絕不——再上他們那些愚蠢把戲的當了！

但是到目前爲止，史蒂芬和查克每一次都得逞。

嘉莉貝絲總是威脅著要報復。但自從和他們成爲朋友以來，從沒能想出什麼好點子來回整他們。

查克伸手去拿莎賓娜袋子裡剩下的幾片玉米片。她開玩笑的拍開他的手，說：「要吃自己去買！」

「妳要吃三明治嗎？這我不要了。」史蒂夫拿著一塊皺巴巴的錫箔紙包，遞到嘉莉貝絲的鼻子下。

「這是什麼口味的？我快餓死了！」嘉莉貝絲一臉狐疑的聞了聞。

「是火雞三明治，拿去。」史蒂夫說著把東西遞給嘉莉貝絲。「它太乾了，我媽媽忘了塗美乃滋。妳要吃嗎？」

「嗯，好呀。謝謝！」嘉莉貝絲高興的說著，她接過三明治，剝開錫箔紙，張大了嘴咬了一口三明治。

正當她開始咀嚼時，才發現史蒂夫和查克竟死盯著她瞧，而且咧嘴笑著。

什麼東西味道怪怪的，有點黏黏酸酸的……

嘉莉貝絲停止咀嚼的動作。查克和史蒂夫猛然大笑出聲，莎賓娜則是滿臉疑惑。

嘉莉貝絲發出一聲噁心的呻吟，把嚼了一半的三明治吐到餐巾紙上。她掀開麵包夾層——只見一隻碩大的褐色毛毛蟲躺在火雞肉上。

「噢——！」她哀號一聲，伸手摀住臉。

剎那間，餐廳裡發出一陣爆笑——殘酷的笑聲。

「我居然吃了一條毛毛蟲，我會生病的！」嘉莉貝絲痛苦的呻吟道。

她跳起身來，一臉憤怒的瞪著史蒂夫質問道：「你怎麼可以這樣？這一點也不有趣，這簡直……簡直……」

「這並不是眞的蟲子。」查克說道，史蒂夫則笑得說不出話來。

「什麼？」嘉莉貝絲低頭瞧著那隻毛毛蟲，一陣噁心感從胃部直竄上來。

這句英文怎麼說

我會生病的！
I'm going to be sick!

「這不是眞的，是橡皮做的，不信妳拿起來瞧瞧。」查克慫恿她。

嘉莉貝絲猶豫著。

偌大的餐廳裡，所有的人都在竊竊私語，指指點點的譏笑她。

「快呀！這又不是眞的蟲。妳拿起來呀！」查克咧嘴笑道。

嘉莉貝絲伸出兩根手指，百般不願的從三明治上面捏起那隻褐色蟲子。

摸起來熱熱黏黏的……

「又騙到妳啦！」查克突然大笑說道。

是眞的蟲！一條眞的毛毛蟲！

嘉莉貝絲驚叫一聲，將蟲子往狂笑不已的查克身上扔去。接著她從桌旁跳了起來，把椅子都碰倒了；椅子砸在堅硬的地板上，發出一陣巨響。嘉莉貝絲止不住的乾嘔，捂住嘴巴衝出餐廳。

我還感覺得到那個味道……嘴巴裡還有蟲子的味道！

一定要找他們算帳！

嘉莉貝絲一邊跑，一邊忿恨的想著。

我一定會找他們算帳，一定會！

當她推開餐廳的兩扇大門往女生廁所衝去時，殘酷的笑聲仍然緊跟著她，在走廊上迴盪不已。

這句英文怎麼說

我一定會找他們算帳。
I'll pay them back.

3.

放學後，嘉莉貝絲匆匆穿過走廊，沒有和任何人說話。她聽見其他人都在竊笑私語。嘉莉貝絲知道他們是在取笑她。

嘉莉貝絲在午餐時吃了一條蟲，這個消息已經傳遍整個校園。

膽小鬼嘉莉貝絲！連自己的影子都害怕的嘉莉貝絲、超級容易上當的嘉莉貝絲……

查克和史蒂夫偷偷在三明治裡放了一條眞的、肥大的褐色毛毛蟲，而嘉莉貝絲居然咬了一大口。

眞蠢哪！

嘉莉貝絲一路跑著回家，整整跑了三條街。她每跑一步，心中的怒氣就增加

一分。

他們怎麼能這樣對我？虧他們還是我的朋友呢！

爲什麼他們覺得嚇唬我這麼好玩？

她衝進家門，大口的喘著氣。「有人在家嗎？」她出聲喊道，她在玄關處停下腳步，靠在樓梯扶手上調整呼吸。

「嘉莉貝絲……嘿，怎麼啦？」媽媽快步從廚房裡走出來說。

「我一路從學校跑回來。」嘉莉貝絲對媽媽說，一邊將藍色風衣脫了下來。

「爲什麼？」考德威爾太太問道。

「就是想跑嘛！」嘉莉貝絲悶悶不樂的回了一句。

媽媽接過嘉莉貝絲的外衣，替她掛到前面的衣櫃裡，然後憐愛的伸手撫弄著嘉莉貝絲柔軟的棕髮，喃喃的說：「妳的頭髮怎麼會是直的呢？」

她媽媽老是喜歡這麼說。

嘉莉貝絲知道她們看起來一點也不像母女。她媽媽是個豐滿高大的女子，有著一頭濃密的紅銅色鬈髮，以及一雙靈活的灰綠色眼眸。她的精力異常充沛，很

這句英文怎麼說

他們怎麼能這樣對我？
How could they do that to me?

少有站著不動的時候，說話和動作一樣迅速。

她今天穿著一件被油漆弄髒的灰色運動衫，配上一條黑色萊卡緊身褲。

「有什麼事情讓妳不愉快嗎？」考德威爾太太問道，「要跟我談談嗎？」

「沒什麼。」嘉莉貝絲搖搖頭說。她不想告訴媽媽今天自己成了胡桃中學的笑柄。

「到這兒來，我有樣東西要給妳看。」考德威爾太太說著，把嘉莉貝絲拉往客廳。

「媽，我……我真的沒那個心情。」嘉莉貝絲不願往前走，對媽媽說：「我只想……」

「來嘛！」考德威爾太太一臉堅持的拉著她穿過走廊。

嘉莉貝絲一向無法與媽媽爭辯，她就像颶風一般，把所有東西都往她的方向席捲而去。

「妳看！」考德威爾太太指著壁爐架子，開心的笑道。

嘉莉貝絲順著媽媽的目光往壁爐檯上望去，隨即驚訝的叫出聲來：「那是……那是個人頭！」

「這可不是『普通』的頭哦！」考德威爾太太滿臉笑容的說：「過去仔細瞧瞧。」

嘉莉貝絲往壁爐架子走近幾步，那個人頭的眼睛居然回望著她。她花了幾秒鐘才認出那棕色的直髮、棕色的眼睛、短短的鼻子，還有圓圓的臉龐。

「是『我』耶！」她喊道，又往前走近幾步。

「沒錯，這是個真人大小的頭像！」考德威爾太太說，「我剛從博物館的美術課回來。這是我今天完成的，妳覺得怎麼樣？」

「看起來真的很像我……媽媽，真的！這是用什麼做的？」嘉莉貝絲拿起頭像，仔細端詳著。

「熟石膏。」考德威爾太太從嘉莉貝絲手中接過頭像，然後舉到她的面前，讓嘉莉貝絲和自己的頭像臉對臉、眼睛對眼睛。「妳得小心點，它很脆弱，是空心的，看見了嗎？」

嘉莉貝絲專注的凝視著那個頭像，看進自己的眼睛裡。

這句英文怎麼說

我剛從博物館的美術課回來。
I just came from my art class at the museum.

「它……它有點兒讓人發毛。」她喃喃說著。

「妳的意思是……因爲我做得太像了嗎？」她媽媽質問道。

「就是讓人覺得有點陰森、詭異。」嘉莉貝絲說。她強迫自己移開視線，不去看那個「複製的自己」。但她看見媽媽臉上的笑容消失了。

「妳不喜歡嗎？」考德威爾太太看起來很受傷。

「當然喜歡。妳眞的做得很好，媽媽。」嘉莉貝絲迅速回道，「但是，我是說……妳爲什麼要做這個頭像呢？」

「因爲我愛妳呀！」考德威爾太太直截了當的回答。「還需要有別的理由嗎？老實說，嘉莉貝絲，妳對事情的反應眞是奇怪極了，我好不容易才完成這個塑像，我還以爲……」

「我很抱歉，媽媽，我很喜歡它……眞的。」嘉莉貝絲再三強調著，「我只是有點兒吃驚，如此而已。這個頭像很棒，看起來跟我一模一樣，我……我只是今天過得有點糟。」

嘉莉貝絲又凝視那個頭像好一會兒，它那棕色眼睛——「她」的棕色眼睛——

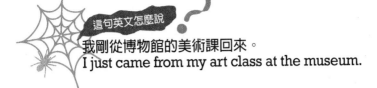

也正盯著她，頭像的棕髮在透窗灑下的午後陽光下閃閃發亮。

它在對我微笑！嘉莉貝絲心想，不禁張大了嘴巴。我看見了！我剛才看見頭像在微笑！

不，那一定是光線在作怪，它只是一個石膏像……她不斷的提醒自己。不要無緣無故自己嚇自己，嘉莉貝絲。妳今天出的糗還不夠嗎？

「謝謝妳拿給我看，媽媽。」她笨拙的說，並將目光自頭像上移開，勉強擠出一抹微笑。

「兩個頭總比一個強，不是嗎？」

「沒錯。」考德威爾太太爽朗的贊同。「順便跟妳說，嘉莉貝絲，妳的鴨子裝已經準備好了，我把它放在妳的床上。」

「什麼鴨子裝？」

「妳記得上回在購物中心看到一件鴨子裝嗎？」考德威爾太太小心的把頭像放回壁爐檯上，繼續說：「就是上頭有一大堆羽毛和其他玩意的那件啊！妳不是說在萬聖節扮成一隻鴨子會很有趣嗎？所以我就替妳做了一件鴨子裝。」

這句英文怎麼說

我要讓大家嚇個半死！
I want to be scary.

「哦，對了。」嘉莉貝絲說，腦中忽覺一陣暈眩。我眞的要在萬聖節扮成一隻愚蠢的鴨子嗎？她想。「我要上去看看，媽媽。謝謝妳。」

嘉莉貝絲根本完全忘記鴨子裝這回事了。

這次萬聖節我可不想只是「裝可愛」，我要讓大家嚇個半死！她一邊爬上樓梯回房，一邊想著。

距離學校幾條街的地方新開了一家派對用品店，她曾經在櫥窗裡看到幾個十分恐怖的面具。她知道，其中一定有一個可以派上用場。

但是現在，她卻得披著羽毛到處走來走去，每個人都會對著她呱呱叫，不停的取笑她。

這不公平！爲什麼她所說的每一句話媽媽都要當眞呢？

就算嘉莉貝絲當時對著店裡的鴨子裝讚美幾句，也不表示她想在萬聖節扮成一隻愚蠢的鴨子呀！

嘉莉貝絲在房門口停下腳步。房門不知爲何被關了起來，她是從來不關門的。

她仔細聆聽著裡頭的動靜，彷彿聽見房門的另一邊有人在呼吸。
是有人在裡頭，還是有「別的東西」。
呼吸聲越來越大。
嘉莉貝絲一隻耳朵貼靠在門上。
究竟是什麼東西在她的房間裡？
只有一個方法可以知道。
嘉莉貝絲拉開了門——緊接著發出一聲驚呼。

這句英文怎麼說

只有一個方法可以知道。

There was only one way to find out.

4.

「呱呱呱呱呱呱！」

伴隨著一陣可怕的叫聲，一隻有著白色羽毛、目光凶狠的巨大鴨子跳向嘉莉貝絲。

當她一臉驚駭的踉蹌後退時，那隻鴨子將她推倒在地，把她壓在走廊地板上。

「呱呱呱呱呱！呱呱呱呱呱！」

那套鴨子裝復活了！

這是嘉莉貝絲在極度驚恐之下，第一個竄進腦裡的念頭。

下一秒鐘，她意識到究竟是怎麼一回事了。

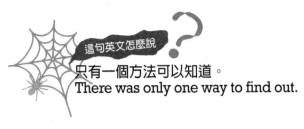

「諾亞——快起來！」她大聲喝道，並試著把那隻大鴨子從自己的胸口推開。

白色的羽毛搔著她的鼻子。「嘿——癢死了！」

她打了個噴嚏。「諾亞——拜託！」

「呱呱呱呱呱呱！」

「諾亞，我是說眞的！」她對八歲大的弟弟說：「你穿我的鴨子裝幹什麼？那應該是『我的』才對。」

「我只是試穿看看嘛！」諾亞說，藍色的眼珠透過黃白相間的鴨子面具，往下盯著她。「我嚇到妳了嗎？」

「才沒有！」嘉莉貝絲死鴨子嘴硬。「現在給我起來！你好重喲！」

但是他不肯起來。

「爲什麼我的東西你都想要？」嘉莉貝絲生氣的質問。

「我沒有。」他回答。

「還有，爲什麼你覺得一天到晚嚇唬我很有趣？」

「如果每次人家大叫一聲妳都會嚇到，那我也沒辦法呀！」他不悅的回答。

這句英文怎麼說

我只是試穿看看。

I was just trying it on.

「起來！給我起來！」

他又呱呱叫了幾聲，拍拍綴滿羽毛的翅膀，才爬起身來。「這套鴨子裝可以給我嗎？它眞的很棒耶！」

「你弄得我全身都是羽毛，你是在脫毛呀！」嘉莉貝絲皺著眉搖了搖頭。

「脫毛？那是什麼意思？」諾亞問道。他拉掉面具，一頭金髮被汗水浸濕了，亂糟糟的糾成一團。

「意思是說你快要變成一隻光禿禿的鴨子了！」

「我不在乎。這件鴨子裝可以給我嗎？」諾亞問道，並檢視著面具，「我穿起來很合身，眞的。」

「我不知道，」嘉莉貝絲回道，「也許可以。」

這時，她房間的電話響了起來。

「你可以走開了嗎？飛到南邊過冬或是什麼的。」她邊說著，邊快步走去接電話。當她跑到書桌旁邊接電話時，又看見床上散落一片白色的羽毛。

這套鴨子裝絕對沒辦法撐到萬聖節了！她想。

「哈囉？噢……嗨，莎賓娜。是呀，我沒事。」她拿起話筒。

莎賓娜打電話來提醒嘉莉貝絲明天學校舉行科學展覽，她們必須完成參展的作品——一個用乒乓球做成的太陽系模型。

「吃過晚飯後到我家來吧！」嘉莉貝絲對她說，「快要完成了，我們只需要給它上色就行了。我媽說她明天會幫我們把模型送到學校去。」

她們聊了一會兒，嘉莉貝絲向好友吐露心聲：「眞是氣死我了，莎賓娜，今天午飯時查克和史蒂夫居然那樣捉弄我，他們爲什麼覺得那麼有趣呢？」

莎賓娜沉默了一會兒，才說：「我猜那是因爲妳『太容易被嚇到』了，嘉莉貝絲。」

「太容易被嚇到？」

「妳老是動不動就尖叫。其實別人也一樣會害怕，但是他們比較不會表現得那麼明顯。妳也知道查克和史蒂夫並不是眞的想使壞，只是覺得那樣做很有趣罷了。」

「我可一點都不覺得有趣，」嘉莉貝絲不開心的說著，「而且我再也不會那

這句英文怎麼說

你太容易被嚇到了。
You're so scare-able.

麼『容易被嚇到』了。我是說眞的，我再也不會尖叫或是被嚇得半死了。」

科學展覽的參展作品全都在禮堂的舞臺上陳列就緒，等著接受評分。

校長安姆布拉斯特太太和自然科老師史密斯先生觀看著一項項作品，並在記錄板上做著筆記。

嘉莉貝絲和莎賓娜設計的太陽系模型，在運送到學校的途中並未受到什麼大的損壞，只有冥王星有點小小的凹陷，兩個女孩努力想要把它修好，卻沒能補救成功；而地球老是會從繩子上脫落，在地板上彈來彈去。但兩個女孩都認爲，她們的作品看起來相當不錯。

也許它並不像馬丁．古德曼的作品那樣令人印象深刻，馬丁從無到有，組裝了一整部電腦，他是個天才，而嘉莉貝絲認爲評審總不會期望每個人都是天才吧？

嘉莉貝絲環顧擁擠、嘈雜的舞臺，看到其他許多有趣的作品。

瑪莉蘇製作了某種電子機械手臂，能夠端起茶杯，也能向人揮手。布萊恩．

鮑德溫則展示幾個玻璃瓶，裡頭裝滿了褐色的黏稠物質，他聲稱那是有毒的廢棄物。

有人爲城裡的飲用水做了化學分析，還有人製作一座火山，會在兩位評審經過的時候噴發起來。

「我們的作品似乎有點兒乏味……」

莎賓娜緊張的對嘉莉貝絲耳語，眼睛緊盯著兩位評審，他們正對馬丁．古德曼自製的電腦發出「噢噢」、「啊啊」的讚嘆聲。

「我們只不過是把幾顆塗了顏色的乒乓球穿在繩子上而已。」

「我喜歡我們的作品。」嘉莉貝絲堅定的說，「這是我們費了好大的勁才做出來的，莎賓娜。」

「我知道，」莎賓娜焦躁不安的回道，「但它看起來還是很乏味。」

火山爆發了！它噴出一股紅色的液體。

評審似乎相當欣賞那個作品，現場有幾個孩子歡呼出聲。

「喔——喔！他們來了。」嘉莉貝絲低聲說道，兩手插進牛仔褲口袋裡。

這句英文怎麼說

我不可能被嚇到。
I'm not going to get scared.

安姆布拉斯特太太和史密斯先生滿面笑容的走了過來。

他們停下腳步，審視一個關於光線和水晶的作品。

突然，嘉莉貝絲聽見她身後的舞臺上傳來一陣激動的叫聲：「我的毒蜘蛛！嘿——我的毒蜘蛛跑出來了！」

她認出那是史蒂夫的聲音。

「我的毒蜘蛛在哪裡？」他尖聲叫道。

幾個孩子們發出驚恐的叫聲，還有些人開始哈哈大笑起來。

我可不能被嚇到。嘉莉貝絲這麼告訴自己，並用力吞著口水。

她知道自己很怕毒蜘蛛，但這次她決心不讓別人看出自己內心的恐懼。

「我的毒蜘蛛——牠跑走了！」史蒂夫再度大聲喊道，壓過眾人喧嘩的聲音。

我不會被嚇到，絕不會被嚇到……嘉莉貝絲不斷在心裡對自己重複道。但是突然間，她覺得有個東西夾痛了她的小腿肚，銳利的獠牙刺進她的皮膚裡……

嘉莉貝絲再也忍不住了，一陣尖銳的慘叫聲霎時響徹整個禮堂。

5.

嘉莉貝絲尖聲大叫著撞翻了參展作品——「太陽系」。

她一臉慌亂的跺踢著，一心想把毒蜘蛛甩掉，結果乒乓球做的行星也在地板上到處亂彈。

「快抓走牠！快抓走牠！」她不停的尖叫著。

「嘉莉貝絲——別叫了！」莎賓娜請求道。「沒事……妳不會有事的！」

過了好一會兒，嘉莉貝絲才發現大夥兒都在笑她。她的心臟怦怦亂跳，猛的轉身向後，看見史蒂芬雙手伏地，蹲在她後面。

「又騙到妳啦！」他用大拇指和食指做了一個招人的動作，咧嘴笑著對她說。

這句英文怎麼說

又騙到你啦！
Gotcha again.

「不——！」嘉莉貝絲歇斯底里的大喊。

她這才明白根本就沒有什麼毒蜘蛛，而是史蒂夫在掐她的腿。

她抬起頭來，看見舞臺上所有的人都在大笑，就連安姆布拉斯特太太和史密斯先生也在笑。

嘉莉貝絲憤怒的大喊一聲，伸腿去踢史蒂夫，卻被他轉身閃開，踢了個空。

「幫我把行星撿起來。」

她聽見莎賓娜說。

但莎賓娜的聲音似乎變得好遙遠、好遙遠……

嘉莉貝絲耳中只聽見自己的心跳聲，還有四面八方傳來的嘲笑聲。

史蒂夫爬起來，站到查克身邊，兩人一起對她露齒而笑，還把手高高舉起，互擊了一掌。

「嘉莉貝絲——幫幫我！」莎賓娜再次請求道。

嘉莉貝絲卻轉身跳下舞臺、拔腿就跑，沿著禮堂黑暗的走道狂奔而去。

我一定要找史蒂夫和查克算帳！她滿心忿恨的發誓道，球鞋重重的落在水泥走道上，咚咚作響。

我也要好好嚇唬他們，把他們嚇得屁滾尿流！

但是，我該怎麼做呢？

這句英文怎麼說

我們什麼時候碰面？
What time should I meet you?

6.

「好呀，那我們什麼時候碰面？」嘉莉貝絲問道，用肩膀和下巴夾住電話筒。

莎賓娜在電話線另一頭想了想，說：「七點半怎麼樣？」

今天是萬聖節，她們約好要在莎賓娜家門口集合，再一起挨家挨戶去要糖果。

「越早越好，這樣可以拿到比較多的糖果。」莎賓娜接著問：「史蒂夫有打電話給妳嗎？」

「嗯，他打來了。」嘉莉貝絲沒好氣的回答。

「他向妳道歉了嗎？」

「是道歉啦！」嘉莉貝絲翻翻白眼，咕噥了一聲。「可是那又怎樣，反正他

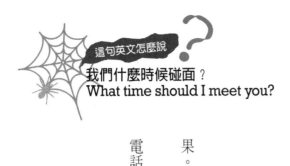

已經讓我在全校所有人面前出了醜，道歉又有什麼用！」

「我想他心裡也不大好受。」莎賓娜說。

「但願如此，」嘉莉貝絲大聲道：「他真是太可惡了！」

「那個玩笑是開得有點過分，」莎賓娜也同意，但又補上一句：「不過妳得承認還滿有趣的。」

「我不需要承認任何事情！」嘉莉貝絲猛然回嘴道。

莎賓娜見情況不妙，趕緊轉移話題：「雨停了嗎？」

嘉莉貝絲拉開窗簾，從她臥室的窗口往外一瞥。

傍晚的天空一片灰暗，烏雲低低的籠罩在半空中，但是雨已經停了，路面在街燈的照耀下，閃著濕濕的微光。

「沒雨了，我得出門了。七點半見。」嘉莉貝絲急急說道。

「嘿，等等，妳要打扮成什麼？」莎賓娜追問道。

「這是祕密。」嘉莉貝絲神祕兮兮的回答，接著便掛上電話。

我也還不知道自己要打扮成什麼咧！她對自己說，一臉不開心的朝擺在角落

這句英文怎麼說

我不需要承認任何事情。
I don't have to admit anything!

椅子上那件毛絨絨的鴨子裝瞥了一眼。

本來，嘉莉貝絲打算放學後，到那間新開的派對用品店挑選一個最醜怪、最嚇人的面具，不料她媽媽放學後到學校接她回家，還吩咐她待在家裡照顧諾亞一、兩個小時。

考德威爾太太一直到五點十五分才回家，現在只差十五分就要六點了，派對用品店一定已經打烊了。

嘉莉貝絲朝那件鴨子裝皺皺眉，悶悶不樂的想著。

「呱呱！呱呱！」

她悲慘的叫了兩聲，走到鏡子前面梳了梳頭髮。

或許我可以試試看，說不定那家店在萬聖節這天會晚一點打烊。

她拉開梳妝臺最上層的抽屜，取出皮夾。

她擁有的錢夠買一個嚇人的面具嗎？

三十塊錢……這是她這輩子僅有的積蓄。

她捲起鈔票，塞回皮夾中，再把皮夾放進牛仔褲口袋，抓起外套快步下樓，匆匆出了大門。

傍晚的空氣又濕又冷，嘉莉貝絲一邊往派對用品店跑去，一邊費勁的拉起外套的拉鍊。

隔壁人家的前窗上掛了一個南瓜燈籠，街角的那戶人家則在前廊上掛著一副紙糊的骷髏。

涼風在光禿禿的樹梢頭呼號，她頭頂上的樹枝像是瘦骨嶙峋的手臂般晃來晃去，發出喀嚓喀嚓的響聲。

眞是個陰森的夜晚！嘉莉貝絲心想。

她加快了腳步，一輛汽車悄無聲息的從她身邊駛過，車燈射出的刺眼白光在人行道上幽幽飄過，像是白晃晃的幽靈。

嘉莉貝絲往對街望去，看見卡本特老宅隱約浮現在雜草叢生的黝暗草坪上。人人都說這幢搖搖欲墜的老房子鬧鬼，一百年前在這裡被謀殺的鬼魂至今仍在這兒出沒著。

這句英文怎麼說

真是個陰森的夜晚。
What a creepy night.

曾經有一次，嘉莉貝絲聽見這棟老宅院中傳出可怕的號叫聲。當她像諾亞那麼大時，史蒂芬、查克和其他孩子曾經彼此互激要去敲那老屋的門，但嘉莉貝絲不敢去，直接跑回家了。她永遠也不知道其他孩子是否眞的有膽子去敲門。

現在，當嘉莉貝絲快步跑過那幢老房子時，不禁感到一陣恐懼的戰慄。她這輩子都住在這裡，對附近的環境瞭若指掌，但是今天這兒看起來似乎不太一樣。

是因爲下過雨後濕淋淋的閃光嗎？

不，那是因爲空氣中有股濃重的窒悶感，一種比往常更加沉重的黑暗，還有窗口咧著大嘴的南瓜燈籠射出的詭異橘光，以及妖魔鬼怪所發出的無聲呼號、等待著被釋放出來到處飄蕩、好慶祝屬於他們的日子——萬聖節！

嘉莉貝絲努力把這些嚇人的念頭逐出腦海，她轉過街角，那間小小的派對用品店便映入眼簾了。

店鋪的窗戶閃透著燈光，照亮了兩排萬聖節面具，一個個往街上瞪視著。

還在營業嗎？

嘉莉貝絲一邊暗自祈禱它還沒打烊，一邊等待一輛卡車從她身旁隆隆駛過，再急忙穿越馬路。她在窗前停了一秒鐘，檢視那些面具，其中有大猩猩面具、妖怪面具，還有一種長著藍頭髮的外星人面具。

這些面具夠醜怪，還不錯，但是店裡也許還有更嚇人的。

店裡的燈光是亮著的，她透過玻璃門往裡頭望去，試著轉動門把，門把卻動也不動。

她又試了一次，想把門拉開；接著又推了推門。

但是都沒用，門還是打不開。

她來得太晚，店鋪已經打烊了。

這句英文怎麼說

店鋪已經打烊了。
The store was closed.

7.

嘉莉貝絲嘆了一口氣，透過玻璃櫥窗往裡頭瞄。這間小店的牆上掛滿了面具，那些面具似乎也在盯著她瞧。

它們在嘲笑我。她不開心的想著。它們在嘲笑我，因爲我來晚了，因爲店已經關門了，而我必須在萬聖節扮成一隻愚蠢的鴨子。

突然間，一道黑暗的陰影晃過櫥窗玻璃，擋住嘉莉貝絲的視線。她倒抽一口氣，往後退了一步。

她花了一會兒工夫，才看出那道陰影是個男人——一個穿著黑衣的男人。那人往外盯著她，臉上的表情滿是訝異。

「你們——你們打烊了嗎？」嘉莉貝絲隔著玻璃櫥窗對他喊道。

那人打著手勢，表示聽不見她說話。他扭開了鎖，將門拉開一道縫。

「有什麼事嗎？」他簡短的問道。這男人留著閃閃發亮的黑髮，頭髮中分，滑順的垂在兩邊，還蓄著一道細細的小鬍子。

「你們還在營業嗎？」嘉莉貝絲怯怯的問：「我要買萬聖節用的面具。」

「時間很晚了，」對方並沒有直接回答她的問題，把門縫又拉開了幾吋。「我們通常五點就關門了。」

「我真的很想要買一個面具。」嘉莉貝絲以十分堅定的語氣說。

男人小小的黑眼睛望進她的眼裡，表情還是一片漠然。

「進來吧！」他靜靜的說。

當嘉莉貝絲從他身旁踏進店裡，看見他身上穿著一件黑色斗篷。

這一定是萬聖節的裝扮。她在心裡對自己說道。我想他不是一天到晚都穿著斗篷的。

她把注意力轉移到兩邊牆上懸掛的面具上。

「妳想要找什麼樣的面具？」男人一面問，一面自身後帶上門。

這句英文怎麼說

你想要找什麼樣的面具？
What kind of mask are you looking for?

嘉莉貝絲忽然感到一絲恐懼。男人的黑眼珠就像燃燒的煤球一般，閃爍著灼熱的光芒；他看起來好怪，而嘉莉貝絲卻和他一起鎖在這間打烊的店裡。

「嚇……嚇人的面具。」她結結巴巴的說。

男人若有所思的撫摸著下巴，指著牆上說：「那個大猩猩面具很受歡迎，上面的毛髮是眞的。我想倉庫裡還剩下一個。」

嘉莉貝絲抬頭望著那個大猩猩面具，心想自己並不想扮成一隻大猩猩。那太普通了，而且不夠嚇人。

「嗯……你還有沒有更恐怖的？」她問道。

男人把斗篷甩過肩膀，披在黑衣後頭。

「那個長著尖耳朵的黃色面具如何？」他指著另一個面具建議道，「我想那是『星艦迷航記』裡頭的人物，應該還有幾個。」

「不，」嘉莉貝絲搖搖頭說，「我需要一個眞的很嚇人的面具。」

男人細髭下的嘴角浮現一抹奇異的微笑，目光炯炯的凝視她的眼睛，彷彿想要猜透她的心思。

「再四處看看吧！」他說著把手一揮。「店裡還有貨的面具都掛在牆上了。」

嘉莉貝絲掉轉目光，看著那些面具。一個豬臉面具吸引了她的視線，這個面具長著又長又醜的獠牙，嘴邊還淌著血。這個滿不錯的，但還不是最好。旁邊懸掛一個長著長毛的狼人面具，露出一口白森森的尖牙。還是太普通了！嘉莉貝絲心想。

她的目光掃過一個綠色的科學怪人面具，還有附有鬼爪的佛萊迪．克魯格（註）面具——爪子上還留著長長的銀色尖指甲——再來是一個外星人面具。

這些都還不夠恐怖。

嘉莉貝絲開始感到有些焦急。

我得找到一個眞的能把史蒂夫和查克嚇得半死的面具才行！

「小姑娘，我得請妳快點做決定了。」披著斗篷的男人輕聲說。他走到屋前窄窄的櫃檯後面，正在轉動收銀機上的鑰匙。「畢竟，我們已經打烊了。」

「我很抱歉，」嘉莉貝絲開口說：「但是……」

她還沒來得及說完，電話就響了起來。

這句英文怎麼說

我得請你快點做決定了。
I must ask you to make your choice.

男人很快的拿起話筒，開始低聲說話，並轉過身背對著嘉莉貝絲。

她往店鋪後頭走去，一邊走，一邊端詳著牆上的面具。

她經過一個長著尖銳黃色獠牙的黑貓面具、一個嘴邊流著鮮血的吸血鬼面具，再過去則是《阿達一族》裡、光頭的佛斯特叔叔咧著嘴笑的面具。

不合適、不合適、不合適……嘉莉貝絲愁眉苦臉的想著。

當她瞧見店鋪後頭那扇微微開啓的窄門時，心底猶豫了一會兒。

那是另外一個房間嗎？裡面會不會還有一些面具呢？

她往店鋪前面瞥了一眼，只見男人裹在斗篷裡頭，仍背對著她在講電話。

嘉莉貝絲遲疑著推開門，往裡頭瞄去。

門吱吱嘎嘎的開了，黯淡的橘光充滿整個陰暗的小房間。

嘉莉貝絲一踏進房間，頓時驚訝得倒抽一口冷氣。

註：恐怖電影《半夜鬼上床》裡的變態殺人魔。

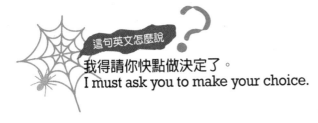

8.

二十多個空洞無神的眼窩凝望著嘉莉貝絲。她看著這些扭曲變形的臉孔，驚駭得目瞪口呆。

她知道這些都只是面具，但滿滿兩架子的面具是如此醜陋、怪誕，又如此逼眞，不由得讓她一口氣憋在喉嚨中。

嘉莉貝絲緊抓住門框，遲疑著不敢踏進這個小房間。藉著昏暗的橘黃色燈光，她端詳著房裡那些醜怪的面具。

其中一個面具有著繩子般的黃色長髮，垂掛在凸起的綠色額頭上；一隻毛茸茸的黑色老鼠從髮結中探出頭來，眼珠子像兩顆黑色的寶石般閃閃發亮。

旁邊那個面具的眼窩裡釘著一根大釘子，看起來濕答答的穠稠鮮血從眼眶湧

這句英文怎麼說

它們看起來好逼真！
They seemed so real.

了出來，流到臉頰上。

另外一個面具上，一塊塊腐爛的皮膚似乎正從臉上脫落，露出底下灰色的骨頭。一隻巨大的黑色昆蟲——某種奇怪的甲蟲——從兩排朽壞的黃綠色牙齒中間爬了出來。

嘉莉貝絲既害怕又興奮，再往房裡踏進一步，木頭地板在她腳下嘎吱作響。她又朝那些猙獰醜怪的面具走近一步。它們看起來好逼真，逼真得嚇人。面具上每個小地方都做得很精細，皮膚看起來就像真的血肉，而不是橡皮或塑膠材質做的。

這些面具太棒了！她興奮的想著，一顆心怦怦直跳。這就是我要找的面具，它們光是擺在架子上就夠嚇人了。

她想像在漆黑的夜裡，史蒂夫和查克看到一個這樣的面具朝著他們逼近；又想像自己戴著其中一個面具，發出令人毛骨悚然的怪叫聲，從大樹後面跳出來的景象。

她想像那兩個傢伙露出一臉驚恐的表情，想像史蒂夫和查克驚聲尖叫、落荒而逃的一幕……

哇啊！這眞是太棒、太完美了！

那該有多痛快！多教人得意呀！

嘉莉貝絲深深吸了一口氣，緩緩走向架子，眼光停留在下層架子，一個醜怪的面具上。

那面具有個腫脹的禿頭，皮膚是腐爛的黃綠色，巨大凹陷的眼睛是一種詭異的橘黃色，好像會發光似的。它還有個寬大扁平的鼻子，像是骷髏的鼻子般支離破碎；而且血盆大口張得開開的，露出野獸一般尖利的獠牙。

嘉莉貝絲凝視著這個猙獰的面具，不禁伸出手，遲疑的摸了摸面具寬闊的額頭。

不料當她觸碰到面具時，它竟然叫喊了起來——

這句英文怎麼說

她突然覺得頭昏腦脹。
She suddenly felt dizzy.

9.

「啊——！」

嘉莉貝絲尖叫一聲，連忙縮回手。

那面具對著她獰笑，橘色眼珠發出熾熱的光芒，嘴唇似乎向後縮起，露出裡頭的獠牙。

她突然覺得頭昏腦脹。這到底是怎麼一回事？

當她搖搖晃晃的從架子前面退開，才發現那聲憤怒的呼喊並不是由那個面具所發出，而是來自她的身後。

嘉莉貝絲回過身，只見披著黑斗篷的店主正站在門口對她怒目而視。他深色的眼珠閃閃發光，嘴唇恫嚇似的向下抿著。

「噢，我以爲……」嘉莉貝絲開口想要說話，回頭朝那個面具瞥了一眼。她仍然覺得很困惑，心臟在胸腔裡怦怦直跳著。

「讓妳看到了這些面具，眞是抱歉。」男人以一種低沉而脅迫似的聲音說，並朝嘉莉貝絲走近一步，斗篷掃過門口。

他想做什麼？嘉莉貝絲害怕的吸了一口氣。他爲什麼要這樣向我逼近？他想要把我怎麼樣？

「我很抱歉。」他重複道，深色的小眼睛燃燒似的盯著她看，又往前走近一步。

嘉莉貝絲往後退開，她的背撞上了陳列架，發出一聲驚叫。

那些醜陋的面具搖晃、抖動著，彷彿有生命似的。

「你……你的意思是？」她勉強發出聲音道，「我……我只是……」

「很抱歉讓妳看到了這些面具，因爲它們是非賣品。」男人輕聲說道。

他從她身邊走過，把一個面具在座子上扶正。

嘉莉貝絲大大鬆了一口氣。他並沒有要嚇她。她對自己說，我只是在自己

這句英文怎麼說

它們是非賣品。
They are not for sale.

嚇自己。

她把雙臂交抱在胸前，想要迫使自己的心跳恢復正常。

店主繼續整理著面具，嘉莉貝絲站到一邊去，看著他小心翼翼的挪動它們，用手理著它們的頭髮，輕柔的在它們沾滿血跡的腫脹額頭上撢著灰塵。

「爲什麼它們是非賣品？」嘉莉貝絲追問道，喉嚨裡發出來的聲音又尖又細。

「因爲太嚇人了。」男人回答，轉過身來對她微笑。

「但是我就是要找嚇人的面具呀！」嘉莉貝絲對他說。「我要那一個。」她指著剛才摸過的那個面具，張著血盆大口、露出尖利獠牙的那一個。

「那個太嚇人了。」那人重複說，把斗篷甩到肩後。

「但今天是萬聖節耶！」嘉莉貝絲爭辯道。

「我有一個很恐怖的大猩猩面具……」男人說著，一邊打手勢要嘉莉貝絲回到前面的房間。「它非常恐怖，看起來像是在咆哮。這麼晚了，我就算妳便宜一點好了。」

嘉莉貝絲搖搖頭，手臂交疊在胸前抗議的說：「大猩猩面具嚇不倒史蒂夫和

查克的！」

「誰？」男人表情一變。

「我的朋友。」她一臉堅定的對那男人說：「我一定要那個面具才行，它好嚇人喲！我幾乎連碰都不敢碰，真是太完美了。」

「它太嚇人了，」男人又重複一遍，垂眼看著那個面具，伸手撫過它綠色的額頭。「我負不起這個責任。」

「可是它真的好逼真哦！」嘉莉貝絲衝口說道：「他們一定會嚇暈過去，我知道他們一定會的。這麼一來，他們就再也不敢嚇唬我了。」

「小姑娘……」店主不耐煩的看了看錶，開口說道：「我真的必須請妳儘快做個決定了。我是個很有耐性的人，但是……」

「拜託啦！」嘉莉貝絲不死心的懇求道：「拜託您把它賣給我吧！這兒，你瞧——」她說著伸手到牛仔褲口袋裡掏出錢來。

「小姑娘，我……」

「這裡有三十塊……」嘉莉貝絲把捲成一團的鈔票塞進男人手裡。「我給你

這句英文怎麼說

這不是錢的問題。
It's not a matter of money.

三十塊，夠了吧？」

「這不是錢的問題，」他對她說，「這些面具是不賣的。」男人氣急敗壞的嘆了一口氣，舉步朝店鋪門口走去。

「求求你，我需要它，我真的『很需要』它！」嘉莉貝絲追在他後頭，不斷懇求著。

「這些面具太逼真了，」他指著放著面具的架子，一臉堅決的說道：「我得警告妳……」

「拜託！求求你啦！」

他閉上眼睛，吐出一句：「妳會後悔的。」

「不會、不會，我知道我不會的！」嘉莉貝絲見他似乎快被說動了，不由得開心歡呼著。

他張開眼睛，搖了搖頭。嘉莉貝絲看得出他的內心正在天人交戰。

男人嘆了一口氣，把錢塞進外套口袋裡。他小心翼翼的從架子上拿起那個面具，把它的尖耳朵扶正後，遞過來給她。

「謝謝！」她從男人手上一把搶過面具，直喊道：「太棒了！太棒了！」

嘉莉貝絲抓住面具的扁鼻，摸起來軟軟的，而且還是溫熱的！

「眞謝謝你！」她一邊喊著，一邊快步走向前頭，手裡緊緊抓著那個面具。

「用袋子裝起來好嗎？」男人在後面喊道。

但是嘉莉貝絲早就跑出店外了。她穿過馬路，往家裡跑去。

天空黑漆漆的，沒有半點星光。由於午後下過一場雨，馬路上仍然濕漉漉的閃著水光。

嘉莉貝絲開心的想著：這將會是有史以來最棒的萬聖節夜晚了，因爲今晚我將要報仇！

她迫不及待想要戴著這個面具跳到史蒂夫和查克面前。

不知道他們兩個會穿什麼服裝？兩人曾說要把臉塗成藍色，頭髮也染成藍色，扮成藍色小精靈。

眞遜！簡直遜斃了！

嘉莉貝絲在一盞路燈下停住腳步，舉起了面具，兩手抓著它尖尖的耳朵。面

這句英文怎麼說

我得找人試試這個面具的效果。
I've got to try this mask out on someone.

具對著她咧開大嘴，兩排歪斜不齊的獠牙掛在厚厚的橡皮嘴唇上。

她把面具小心翼翼的夾在腋下，繼續往回家的路上跑著。

嘉莉貝絲在車道尾端停了下來，凝視著自家的房子。

前排的窗戶一片明亮，門廊的電燈發出白色的光芒，映照在草地上。

嗯，我得找人試試這個面具的效果，瞧瞧它到底有多嚇人。

弟弟笑嘻嘻的臉孔頓時浮現她的腦海。

「諾亞，當然是他。」她喃喃說著，「他活該倒楣。」

嘉莉貝絲興奮的笑著，快步跑上車道，急著要拿諾亞當她頭一個試驗品。

10.

嘉莉貝絲躡手躡腳的走進大門，隨手把外套扔在一邊。屋子裡又悶又熱，一股甜香的氣味迎面而來，那是爐子上煮著的蘋果汁。

媽媽還眞把過節當一回事，她不禁微笑的想著。

嘉莉貝絲手裡拿著面具，踮著腳尖穿過前門玄關，側耳傾聽著。

諾亞，你在哪兒？

你在哪兒？我的小白鼠？

諾亞總愛吹牛說他的膽子比嘉莉貝絲大多了，又老是把蟲子丟到她背上，或是把橡皮蛇藏進她的床裡……還有任何他想得出來能讓她尖叫的東西。

嘉莉貝絲聽見頭頂上有腳步聲。她知道，諾亞一定是在他樓上的房間。也許

這句英文怎麼說

你在哪兒？我的小白鼠？
Where are you, my little guinea pig?

正在穿戴萬聖節的服裝呢！

諾亞到了最後一分鐘，才決定要扮成一隻蟑螂，害得考德威爾太太手忙腳亂的翻遍整間屋子，找尋材料來製作蟑螂尖尖的觸鬚和背上的硬殼。

呵呵，這回可要給小蟑螂來個驚喜囉！嘉莉貝絲看了看自己的面具，不懷好意的想著。

這應該會嚇得小蟑螂連滾帶爬的逃到水槽底下。

她在樓梯底停下腳步，聽見諾亞房間裡傳來響亮的音樂聲，那是一首重金屬老歌。

她抓著面具的橡皮脖子，小心翼翼的將它舉到頭上，再慢慢套進去。

面具裡頭出奇的悶熱，而且，比嘉莉貝絲想像中來得緊。它有種古怪的氣味，一種酸酸的陳腐味兒，就像是在閣樓或車庫裡，擺了好幾年的潮濕舊報紙所散發出來的味道一樣。

她把面具往下拉到底，直到自己能夠從眼洞看出去。接著她把那隆起的禿頭在頭上壓順，再把脖子部位往下拉直。

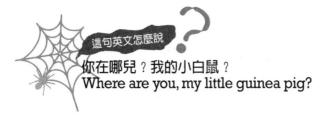

我應該先找面鏡子瞧瞧，不然根本看不見它的效果到底如何。

她一臉懊惱的想著。

面具戴起來非常緊，她呼吸的聲音在扁平鼻子裡嘈雜的回響著。嘉莉貝絲強迫自己不去理會那衝鼻而來的酸腐氣味，緊緊握著扶手，悄悄的爬上樓梯。從面具的眼洞裡很難看清楚臺階，她必須一步一步的慢慢爬。

當她爬上樓梯平臺時，重金屬音樂停止了。她無聲無息的穿過走廊，在諾亞的房門口停了下來。

嘉莉貝絲探頭到門裡，往燈光明亮的房間裡頭瞄去。

諾亞正站在鏡子前面，調整他頭上那兩根長長的蟑螂觸鬚。

「諾亞——我來找你了！」嘉莉貝絲喊道。

令她吃驚的是，她所發出的聲音又粗又低，根本就不是她原本的聲音。

「啊？」諾亞嚇了一跳，猛的轉過身來。

「諾亞——我『逮到』你了！」嘉莉貝絲尖聲叫道，她的聲音深沉粗嘎，而且凶惡。

這句英文怎麼說

我來找你了！
I'm coming for you!

「不！」諾亞發出一聲低喊，即使在他的蟑螂裝扮之下，嘉莉貝絲也能看出他的臉色刷的一片慘白。

她衝進房間，手臂往前伸出，好像要去抓他似的。

「不……不要！」他喊道，表情驚恐萬分。「你是誰？你……你是怎麼進來的？」

他認不出是我，而且還嚇得半死！嘉莉貝絲開心的想著。

是因爲猙獰的臉孔嗎？還是那低沉的聲音？或者兩者都是？

管它呢！無論如何，這面具首次試驗眞是太成功了！

「你逃不了了！」她尖叫著說，聲音從面具裡頭聽起來好嚇人，連她自己都大吃一驚。

「不！求求你……」諾亞哀求道。「媽！媽——！」

他渾身顫抖著往床邊退過去，觸鬚也由於恐懼而顫動不已。

「媽！救命呀！」

突然，嘉莉貝絲爆出一陣大笑，笑聲仍然是那低沉的聲音。

「是我啦，笨蛋！」她喊道：「你真是個黃肚皮的膽小貓！」

「什麼？」諾亞仍然縮在床邊，不敢相信的盯著她。

「你認不出我的牛仔褲嗎？還有我的運動衫？是我啦，你這笨蛋！」嘉莉貝絲用那粗嘎的聲音說。

「但是妳的臉……那個面具！」諾亞結結巴巴的說，「真、真把我給嚇死了！我是說……」

他瞠目結舌的凝視著她，仔細端詳那個面具。

「而且聲音聽起來不像是妳，嘉莉貝絲，」他喃喃說著，「我還以爲……」

嘉莉貝絲拉著面具底部，想把它脫下來。她呼呼的喘著氣，面具裡頭又熱又黏。當她用兩隻手拉扯面具底部，面具卻一動也不動。

她舉起雙手，拉扯面具的尖耳朵，想就此把面具扯下來。

可是她拉了又拉，扯了又扯，再試著拉扯面具的頭頂，卻還是絲毫不動。

「嘿！它脫不下來……」她緊張的喊道：「這……這面具脫不下來了！」

這句英文怎麼說

你認不出我的牛仔褲嗎？
Don't you recognize my jeans?

11.

「到底是怎麼回事？」嘉莉貝絲喊道，兩隻手拚命扯著面具。

「住手！」諾亞喊道，他的聲音聽起來很生氣，眼中卻流露一絲恐懼。「別再鬧了，嘉莉貝絲，妳嚇到我了！」

「我『才沒有』在鬧呢！」嘉莉貝絲用那粗嘎刺耳的聲音說。「我眞的不能──把──這個面具──脫下來！」

「快脫下來！妳這樣一點都不好玩！」諾亞再度大喊。

嘉莉貝絲費了好大的力氣，才把指頭插進面具的脖子底下。她把面具從皮膚上拉開，再從頭上掀起來。

「呼！」

剎那間，空氣變得清涼甜美，她甩甩頭髮，開玩笑的把面具丟給諾亞。「很棒的面具，是不是？」她對他咧嘴一笑。

諾亞任由面具落在床上，過一會兒才遲疑的拿起面具，端詳著它。

「這個面具妳從哪兒弄來的？」諾亞問道，一隻手指頭戳了戳面具猙獰的獠牙。

「在那間新開的派對用品店。」她擦著額頭上的汗珠，對諾亞說：「面具裡頭好熱。」

「我可以戴戴看嗎？」諾亞把手指插進面具的眼洞問道。

「現在不行，我要遲到了。」她斷然拒絕後，又笑著說：「你剛才看起來眞是嚇壞了。」

他把面具扔還給嘉莉貝絲，皺了皺眉。「那是裝出來的，我早就知道是妳了。」

「是喔！」她翻了翻白眼，說：「怪不得你會像發瘋似的一樣尖聲鬼叫。」

「我才沒有鬼叫！」諾亞繼續反駁道：「那是裝出來的，故意讓妳高興一

這句英文怎麼說

你是怎麼做到的？
How did you do that?

下。」

「是喔……」嘉莉貝絲低聲咕噥著。

她轉身朝門口走去，將面具拿在手裡轉著。

「妳的聲音怎麼會變成那樣？」諾亞在她身後喊道。

嘉莉貝絲在門口停下腳步，轉身面向他，臉上的微笑頓時變成困惑的表情。

「那低沉的聲音最讓人覺得恐怖……」諾亞雙眼盯著她手上的面具，說：「妳是怎麼做到的？」

「我也不知道，」嘉莉貝絲若有所思的回答：「我真的不知道。」

當嘉莉貝絲回到自己的房間，又自顧自的笑了起來。

這個面具果真管用，它真是太成功了。

諾亞也許不願意承認，但是當嘉莉貝絲戴著面具撲到他面前、對著他吼叫時，他幾乎要從蟑螂殼子裡跳了出來。

查克和史蒂夫給我當心點！她一臉得意的想著。

下一個就輪到你們了！

她坐在床上，對著床頭櫃的收音機時鐘瞥了一眼。

距離大夥兒約定在莎賓娜家門口會合之前，她還有幾分鐘的時間。這足夠讓她想出最好的點子，給他們來個畢生難忘的驚嚇了。

我才不要大剌剌的跳到他們面前呢！那未免太無趣了。

嘉莉貝絲腦筋不停動著，手指玩弄著面具尖銳的獠牙。

我要做出會讓他們永遠記得的事，讓他們畢生難忘……

她的手指滑過面具尖尖的耳朵。

突然間，她想到了一個好主意。

這句英文怎麼說

它真的跟我一模一樣。

It really does look just like me.

12.

嘉莉貝絲從櫥櫃中拉出一根舊掃帚柄，她從上頭抹下一層厚厚的灰塵，仔細檢視著這支長長的木棒。

太完美了！

她往外探視一下，確定媽媽還在廚房裡；她知道媽媽不會同意自己正要去做的事。考德威爾太太仍一心以爲嘉莉貝絲會穿那件鴨子裝。

嘉莉貝絲踮起腳尖，悄無聲息的走進客廳。她走到壁爐架前面，伸手取下媽媽做的那個石膏像。

它眞的跟我一模一樣。她把塑像舉到腰際，仔細的端詳它。

眞是活靈活現，媽媽眞的很有天份。

她小心翼翼的把頭像安置在掃帚柄上，還滿穩的。

接下來把它拿到玄關的鏡子前面。

看起來就像我真的舉著自己插在棍子上的頭。

嘉莉貝絲讚歎的看著自己製作的成品。她的臉上泛起一個大大的笑容，眼裡閃著欣喜的光芒。

這簡直棒透了！她把棍子和頭像靠在牆邊，戴上面具。再一次，那酸腐的氣味衝進鼻孔，面具裡的熱氣似乎包裹著她。

她把面具往下拉時，面具再度緊緊貼在自己的皮膚上。

當她抬眼往鏡中望去時，幾乎把自己給嚇壞了！

它就像一張真正的臉！她心裡這麼想著，無法將視線移開。

我的眼睛看起來不像是從眼洞中望出去，反倒像是面具的一部分。

她開開合合的動了幾下那張可怕的大嘴，發現它動起來也像是真的嘴巴。

它看起來一點也不像是面具，倒像是一張噁心、畸形的臉！

她用雙手壓平面具鼓起的額頭，讓它平順的覆在頭髮上。

這句英文怎麼說

這個面具實在太完美了。
The mask is perfect.

眞是太棒了！她又對自己重複說道，心裡也感到越來越興奮。

棒極了！這個面具實在太完美了。

她不敢相信那個派對用品店的老闆居然不肯賣給她，這眞是她所見過最嚇人、最逼眞、也是最醜陋的面具了。

今晚我將會是楓樹大街的恐怖之王！

嘉莉貝絲欣賞著鏡子裡的自己。孩子們將會因她而連作好幾個星期的惡夢！

尤其是查克和史蒂夫……她對自己這麼說道。

「喝！」她低聲自言自語著，很高興聽到那粗嘎的聲音又回來了。

「我準備好了。」她拿起掃帚柄，謹慎的把上面的頭像擺穩。

正當要走出大門之際，媽媽的聲音阻住了她。

「嘉莉貝絲——等等！」考德威爾太太的聲音從廚房傳來。「我要看看妳穿起鴨子裝是什麼樣子。」

「哦，糟了！」嘉莉貝絲不由得呻吟出聲，「媽媽看了鐵定會不高興的……」

13.

嘉莉貝絲僵在門口，她可以聽見媽媽的腳步聲從走廊上逐漸接近。

「讓我瞧瞧，親愛的。」考德威爾太太喊道：「那套鴨子裝合身嗎？」

也許我該早點告訴她我改變了計劃。嘉莉貝絲歉疚的想著。

我早該告訴她，但是我又不想傷媽媽的心。

現在讓她驟然發現，肯定會大吃一驚。而且當她看見我借用了她的石膏像，一定會大爲光火的。

她會逼我把它放回壁爐架上……她會毀了我的整個計劃。

「我有點趕耶，媽媽，」嘉莉貝絲喊道，她在面具裡的聲音聽起來又低又粗。

「我們晚點兒見，好嗎？」她說著拉開了前門。

這句英文怎麼說

我有點趕耶。
I'm kind of in a hurry.

「妳等一秒鐘再走，讓我看看妳的服裝也不會耽誤多少時間。」

她轉過拐角，眼看就要出現在視線中了。

完了……就要被發現了。

嘉莉貝絲在心中暗暗叫苦。

這時電話響了起來，鈴聲在嘉莉貝絲的面具裡響亮的迴盪著。

她母親停下腳步，轉身走回廚房。

「噢，糟糕，我最好先去接電話，也許是妳爸爸從芝加哥打來的。」她說著消失在廚房中，「我只好晚點再看妳的裝扮了。嘉莉貝絲，當心點，知道嗎？」

嘉莉貝絲大大的鬆了一口氣。

心想：幸好電話鈴聲及時響起。

她把頭像放在棍子上擺穩，急急忙忙衝出門去。

門在身後關上，她小跑步穿過前院。

夜空變得清靜而涼爽，一輪淡淡的弦月垂掛在光禿禿的樹梢頭。當她走向人行道時，大片大片的褐色枯葉在她的腳踝周圍迴旋。

她們計劃在莎賓娜家門前跟查克、史蒂夫會合，嘉莉貝絲簡直快等不及了。

當她跑著跑著，頭像不停的在掃帚柄頂端晃來晃去。街角那間房子爲萬聖節做了裝飾，門廊頂上掛著一排橘黃色的燈泡，門口擺著兩個微笑的大南瓜燈，屋前走道的盡頭還豎立一副厚紙板做的骷髏。

我愛死萬聖節了！嘉莉貝絲開心的想著。

她穿過馬路，走到莎賓娜家的那條街上。

在以往的萬聖節夜裡，她總是被人嚇唬的對象，朋友們老愛耍些可惡的把戲捉弄她。

去年，史蒂夫就曾把一隻很逼真的橡皮老鼠放進她的糖果袋裡。當嘉莉貝絲把手伸進袋子裡時，摸到一個軟軟毛毛的東西，她拉出那隻老鼠，頓時高聲尖叫起來，嚇得把糖果灑了一地。

當時查克和史蒂夫覺得有趣極了，莎賓娜也是。

他們總是把嘉莉貝絲的萬聖節給毀了，並覺得嚇唬她、讓她尖聲大叫，眞是再好玩不過的事了。

這句英文怎麼說

我愛死萬聖節了！
I love Halloween!

嗯，今年我不會再是那個尖叫連連的人，反而是我要讓其他每個人尖叫個不停！

莎賓娜的家位在這條街尾端，當嘉莉貝絲快步走向她家時，光禿禿的樹枝在她頭上顫動著，弦月消失在一片濃雲後面，街道也變得陰暗一些。

掃帚柄上的頭像晃動一下，險些掉了下來。嘉莉貝絲放慢腳步，抬頭朝頭像望了一眼，換另一隻手握住掃帚柄。

頭像的眼睛向前直視，彷彿在戒備什麼似的。

黑暗中，頭像看起來好逼真。當嘉莉貝絲從掉光葉子的樹下經過時，樹影在頭像上晃動著，這使它的眼睛、嘴巴看起來也像在動似的。

嘉莉貝絲聽見一陣笑聲，轉過身來——對街有一群要糖果的小孩正在入侵一戶燈光明亮的人家，在門廊黃色的燈光下，嘉莉貝絲看見一個幽靈、一隻忍者龜、一個鬼爪妖怪，還有一個穿著粉紅舞衣、頭戴錫箔皇冠的公主。

這些孩子都很小，兩位母親站在車道邊上看著他們。

嘉莉貝絲看見他們拿到了糖果，便繼續往莎賓娜家走去。

她爬上門前的臺階，踏進門燈射出的一道三角形的白色燈光中。

她聽得見屋子裡頭的聲音，莎賓娜正在跟她媽媽大聲說著什麼，客廳裡還開著電視。

嘉莉貝絲用空著的那隻手調整一下面具，把那長著獠牙的血盆大口扶正；接著她又檢查了頭像，確定它在掃帚柄上擺穩了。

她原本伸手要按莎賓娜家的電鈴，卻又停下動作。

因爲她聽見背後有聲音，於是轉過身，瞇起眼睛往黑暗中望去。

只見兩個穿著萬聖節服裝的男孩正往這裡走過來，並在人行道上開玩笑的推來推去。

是查克和史蒂夫！我及時趕上了。嘉莉貝絲開心的想著。

她趕緊跳下門前的臺階，縮身蹲在矮樹籬笆後面。

來吧！好傢伙……她急切的想著，心臟怦怦直跳。

你們準備嚇個半死吧！

14.

這句英文怎麼說

你們準備嚇個半死吧！

Get ready for a scare.

嘉莉貝絲從樹籬頂上偷瞄過去，那兩個男孩已經走到車道上了。

夜色太暗了，無法看清楚他們的服裝。

其中一個穿著一件長大衣，頭戴一頂印地安那瓊斯式的軟呢寬邊帽，另一個她沒法看清楚。

嘉莉貝絲深吸一口氣，準備朝他們撲過去。

她緊緊的握著掃帚柄。

她發現自己渾身都在顫抖，面具突然變得很熱，好像她的興奮之情把面具都給熨熱了似的。她的呼吸也在扁平鼻子裡嗤嗤有聲的響著。

男孩們沿著車道慢慢走過來，兩人開玩笑似的，像橄欖球前鋒那樣用肩膀

阻擋著彼此的去路，其中一個說了些什麼，嘉莉貝絲聽不見，另一個則大聲的咯咯笑了起來。

嘉莉貝絲從黑暗的夜色中凝望過去，直到他們快要走到矮樹叢前面。

好——就是現在！她在心中默喊著。

她舉起那根掛著瞪眼頭像的掃帚柄，縱身跳了出來。

兩個孩子看了大吃一驚，尖聲號叫起來。

他們目瞪口呆的看著她的面具，深色的眼睛瞪得老大。

接著，一聲凶狠的吼聲從她喉嚨裡冒了出來。那隆隆作響的低沉咆哮聲，把她自己也嚇了一跳。

聽到恐怖的吼叫聲，兩個男孩再度大叫起來；其中一個還跌倒在車道上。

男孩們抬頭盯著那個頭像，頭像在掃帚柄上快速晃動著，好像怒目瞪視著他們。

嘉莉貝絲喉嚨中又冒出一聲號叫，一開始低低的，彷彿從遠處傳來一般，接著卻劃破空氣，聲音變得既粗嘎又刺耳，就像是發怒動物的嘶吼聲。

這句英文怎麼說

放過我們吧！
Leave us alone!

「不——！」其中一個孩子高聲喊道。

「你是誰？」另一個孩子也喊：「放過我們吧！」

嘉莉貝絲聽見一陣快速的腳步聲踏過車道上的枯葉，抬起頭來，看見一個穿著厚重羽絨外套的女人從車道上奔跑過來。

「嘿——妳在做什麼？」那女人質問道，聲音尖銳而憤怒。「妳是在嚇唬我的孩子嗎？」

「什麼？」嘉莉貝絲費力的吞了一口口水，視線移回那兩個受驚的孩子身上。

「等等！」她喊道，這才明白他們並不是查克和史蒂夫。

「妳在做什麼？」女人氣急敗壞的又問了一次。她走到兩個男孩身邊，用手按住兩人的肩膀。「你們沒事吧？」

「我、我們沒事，媽媽。」穿大衣、戴寬邊帽的男孩回答。

另一個男孩臉上塗了白色顏料，還畫著一個紅色的小丑鼻。

「她……她朝著我們撲過來，」他躲開嘉莉貝絲的目光，繼續對母親說：「她嚇著我們了。」

女人氣憤的轉向嘉莉貝絲，一臉責難的指著她說：「除了嚇唬小孩子，妳就沒別的事情好幹了嗎？妳為什麼不去找年紀跟妳一樣大的孩子玩呢？」

平常如果碰到這種情況，嘉莉貝絲應該會道歉，對那女人解釋是她搞錯了，她要嚇唬的是另外兩個男孩。

但是現在，她藏身在這個醜怪的面具後面，耳中仍能聽見從她喉嚨中、突如其來迸出的奇異咆哮，她完全不想道歉。

她感到——憤怒，而她卻不確定是什麼原因。

「滾開！」她一邊厲聲說，一邊威嚇似的揮舞著掃帚柄。而那顆頭——她的頭——也朝著兩名受驚的男孩怒目瞪視。

「妳說什麼？」男孩的母親不敢置信的質問道，聲音因為逐漸升高的怒氣而繃得死緊。「妳說什麼？」

「我說『滾開』！」嘉莉貝絲怒聲咆哮，聲音極度低沉恐怖，連她自己都嚇了一大跳。

女人交叉雙臂，橫放在厚重的羽絨大衣前面。她瞇起眼睛，瞪著嘉莉貝絲質

這句英文怎麼說

我們還想要些糖果呢！
We want to get some candy!

問道：「妳是誰？叫什麼名字？妳住在附近嗎？」

「媽——我們走吧！」扮成小丑的男孩拉著媽媽外衣的袖子催促。

「是呀，走吧！」他的兄弟也懇求道。

「滾開，我『警告』你們！」嘉莉貝絲咆哮著說。

但那女人堅持不退，手臂緊緊的交叉在胸前，雙眼逼視著嘉莉貝絲。「就算是萬聖節，也不表示妳有權利……」

「媽，我們還想要些糖果呢！走啦！」小丑男孩懇求著，不停用力拉著媽媽的袖子。

「我們會把整個晚上都浪費掉了！」他的兄弟也開始抱怨。

嘉莉貝絲費勁的喘著氣，從面具中呼出的氣息發出嘈雜低沉的咕嚕聲。

我呼吸的聲音聽起來像頭野獸，我到底是怎麼了？

她自己也覺得很困惑。

她感覺得到自己的怒氣逐漸高漲，濃重的呼吸聲在緊貼臉頰的面具裡咻咻作響。

她覺得滿臉發燙。

嘉莉貝絲的怒氣從胸中迸發出來，整個身體顫抖不已。她覺得自己快要爆炸了。

嘉莉貝絲決定──

我要把這女人撕成碎片！

這句英文怎麼說

女人冷冷的對嘉莉貝絲瞪了最後一眼。
The woman gave Carly Beth one last cold stare.

15.

我要把她撕咬成碎片！我要把她撕成碎片……

種種凶殘的想法瘋狂湧進嘉莉貝絲的腦海。

她繃緊肌肉，低低的蹲伏下來，準備往前撲上去。

但是在她行動之前，那兩個男孩已經硬把他們的媽媽拉走了。

「我們走吧，媽媽。」

「是呀，我們走。她瘋了！」

沒錯，我是瘋了。瘋了！瘋了！瘋了……這個字眼一直在嘉莉貝絲心中重複迴盪，面具也變得更熱、更緊了。

女人冷冷的對嘉莉貝絲瞪了最後一眼，便轉身帶著兩個孩子離開。

嘉莉貝絲回瞪他們，大聲喘著氣。她有股強烈的衝動想要追上去——把他們嚇得魂飛魄散。

但是一聲大喊讓她停下腳步，轉過身來。

只見莎賓娜斜倚著大門，站在門廊上。她的嘴巴張得老大，顯得十分驚訝。

「是誰在那兒？」她喊道，瞇著眼往夜色中凝視。

莎賓娜穿著一身銀灰相間的緊身貓服，戴著銀色面具，打扮成「貓女」的模樣。她的黑髮緊緊的紮在腦後，深色眼眸注視著嘉莉貝絲。

「妳認不出我嗎？」嘉莉貝絲往前踏近一步，粗聲粗氣的說。

她看得出莎賓娜眼中透著一絲恐懼——莎賓娜緊緊握住門把，身子一半在門內，一半在門外。

「妳認不出是我嗎？莎賓娜。」她搖了搖掃帚柄上的人頭，像是要給她朋友一點提示。

當莎賓娜看見桿子上的人頭時，不禁倒抽一口冷氣，用手摀住嘴巴。

「嘉莉貝絲……是、是『妳』嗎？」她結結巴巴的說，目光從面具移向人頭，

這句英文怎麼說

你是從哪兒弄來的？
Where did you get it?

再回到面具上。

「嗨，莎賓娜，」嘉莉貝絲喊道：「是我啦！」

莎賓娜仍然端詳著她。不一會兒，終於喊出聲來：「這面具……這個面具太棒了！眞的，棒極了！好嚇人喲！」

「我喜歡妳的裝扮。」嘉莉貝絲對她說，向前走近幾步，置身在燈光下。

莎賓娜抬眼看著掃帚柄上的頭像。「這個人頭——好逼眞哦！妳是從哪兒弄來的？」

「這『眞的』是我的頭！」嘉莉貝絲開玩笑說道。

莎賓娜繼續盯著人頭看。「嘉莉貝絲，當我頭一眼看見它時，我……」

「是我媽媽上美術課時做的。」嘉莉貝絲向她解釋。

「我還以爲是眞的人頭呢！」莎賓娜打了個冷顫，說：「瞧它的眼睛，還有瞪眼的樣子。」

嘉莉貝絲晃了晃掃帚柄，讓頭像點了幾下。

莎賓娜細看嘉莉貝絲的面具，說道：「等著讓查克和史蒂夫瞧瞧妳的裝扮吧！」

我簡直等不及了！嘉莉貝絲惡狠狠的想著。

「他們在哪兒？」她問道，回頭往街上瞥了一眼。

莎賓娜回答：「史蒂夫剛才打電話來說他們會晚一點到。他得先帶他小妹去要糖果，才能過來跟我們會合。」

嘉莉貝絲聽了頗感失望，嘆了一口氣。

「我們先開始吧！」莎賓娜提議道：「他們會隨後趕上來。」

「好吧！」嘉莉貝絲回答。

「我去拿外套，就可以出發了。」莎賓娜說。她往掃帚頂上的人頭看了最後一眼，目光停留了好一會兒，接著大門碰的一聲關上，人也消失在屋裡。

當兩個女孩往街上走去時，風漸漸增強了起來，枯葉在她們腳下迴旋，光禿禿的樹枝被風吹得彎下腰來，不停顫抖著。

在傾斜黝暗的屋頂上，蒼白的弦月在雲層之間忽隱忽現。

這句英文怎麼說

你的面具是在哪兒買的？
Where did you buy your mask?

莎賓娜喋喋不休的說著她準備服裝時遇上的麻煩。原先她買回來的貓女服裝，褲腿脫了一條長長的線，只好拿去退換；後來又找不到一個適合搭配的貓眼面具。

嘉莉貝絲一路上都很沉默。查克和史蒂夫沒能按照計劃來跟她們會合，她感到失望極了。

要是他們始終沒能趕上她們呢？她自問道。要是今天根本見不著他們怎麼辦？

對嘉莉貝絲來說，今天晚上最重要的目的，就是要見到那兩個男孩，把他們嚇得屁滾尿流才甘心。

莎賓娜拿給她一個裝糖果的購物袋。當她們走路時，嘉莉貝絲一隻手抓著袋子，另一隻手則使勁握穩那根掃帚柄，以免頭像滾落下來。

「妳的面具是在哪兒買的？不會也是妳媽媽做的吧？妳有去那間新開的派對用品店嗎？可不可以讓我摸摸看？」莎賓娜一向多話，但她今晚將要締造喋喋不休的世界紀錄了。

嘉莉貝絲順從的停下腳步，好讓莎賓娜摸摸她的面具。莎賓娜用手指在面具的臉頰上按了按，又立刻縮了回來。

「噢！摸起來像是眞的皮膚耶！」

嘉莉貝絲笑了起來，那是一種輕蔑的笑聲，也是她從未聽見過的。

「嗯！它是什麼東西做的？」莎賓娜問道，「不會是用眞的皮膚吧？一定是某種橡膠，對不對？」

「我猜是吧！」嘉莉貝絲喃喃說著。

「那它爲什麼會這麼熱呢？」莎賓娜又問，「戴起來一定很不舒服吧？妳一定冒汗冒得像頭豬似的。」

嘉莉貝絲感到一股怒氣湧上心頭，丟下手裡的袋子和掃帚柄。

「閉嘴！閉嘴！閉——嘴！」她憤怒的咆哮道。

接著嘉莉貝絲發出一聲怒吼，伸出雙手抓住莎賓娜的脖子，使勁的掐她。

這句英文怎麼說

你把我嚇得半死！
You scared me to death!

16.

莎賓娜發出一聲驚愕的呼喊，搖搖晃晃往後退去，掙脫了嘉莉貝絲的掌握。

「嘉莉貝絲！」她氣急敗壞的喊道。

我是怎麼了？嘉莉貝絲感到萬分驚駭，張口結舌的看著她的朋友。

我爲什麼會做出這種事？

「啊……嚇到妳啦！」嘉莉貝絲勉強擠出一絲笑容，說：「妳該看看自己臉上的表情，莎賓娜。妳該不會眞的以爲我要掐死妳吧？」

莎賓娜戴著銀色手套的手撫摸著脖子，朝她的朋友皺皺眉。

「那是開玩笑的嗎？妳把我嚇得半死！」

嘉莉貝絲又笑了起來。

「我只是演好我的角色罷了，」她指指自己的面具，輕描淡寫的說。「妳知道的，我想要抓住符合這個面具的情緒，哈哈……我最喜歡嚇唬人了。況且妳知道我通常都是被嚇得發抖的那一個。」

她拾起袋子和掃帚柄，調整一下上面的石膏頭像，快步踏上最近一戶人家的車道。那間屋子裡燈火通明，屋前的窗子上還掛著「萬聖節快樂」的條幅。

莎賓娜會相信剛剛只是個玩笑嗎？嘉莉貝絲自問。她舉起拿著袋子的那隻手，按了按門鈴。

我到底在做什麼？我爲什麼會突然那麼生氣？爲什麼會那樣攻擊我最要好的朋友？

當大門被拉開時，莎賓娜跟了上來，站在她身邊。

一男一女、兩個金髮小孩出現在門口，他們的母親也隨後跟來，站在他們後面。

「不給糖果就搗蛋！」嘉莉貝絲和莎賓娜齊聲喊道。

「噢，這個面具眞嚇人！」那婦人對她兩個孩子說，朝嘉莉貝絲笑了笑。

這句英文怎麼說

不給糖果就搗蛋！
Trick or Treat!

「妳的裝扮是……一隻貓嗎？」小男孩問莎賓娜。

莎賓娜「喵」了一聲，對他說：「我是『貓女』。」

「我不喜歡另外一個！」小女孩對媽媽喊道，「太恐怖了！」

「那只是個滑稽的面具罷了。」婦人安慰著女兒。

「太恐怖了，它嚇到我了。」小女孩堅持的說。

嘉莉貝絲把頭探進門裡，將可怕的臉孔逼近小女孩面前。

「我要把妳吃掉！」她惡狠狠的對小女孩咆哮道。

小女孩尖叫一聲，消失在屋子裡；小男孩則睜大眼睛盯著嘉莉貝絲。

婦人急忙把糖果丟進她們的袋子裡，溫和的說：「妳不該嚇唬她，她會做惡夢的。」

嘉莉貝絲非但沒有道歉，反而轉向那個小男孩吼道：「我也要把你吃掉！」

「嘿——夠了！」婦人忍不住抗議道。

嘉莉貝絲從喉嚨深處發出低沉的笑聲，然後跳下門廊，越過草坪走了。

「妳爲什麼要那麼做？」當她們穿過馬路時，莎賓娜問道：「爲什麼要那樣

嚇唬那兩個孩子？」

「是面具叫我這麼做的。」嘉莉貝絲回答。她原本是在說笑，但是這個想法卻使她不安起來。

在造訪接下來的幾戶人家時，嘉莉貝絲退在一旁，讓莎賓娜負責說話。在其中一戶人家，一位穿著破舊藍毛衣的男人假裝被嘉莉貝絲的面具嚇到，他的妻子堅持要請兩個女孩進屋，好讓他們的老母親看看她們精采的裝扮。

嘉莉貝絲出聲抱怨，但還是跟著莎賓娜走進屋裡。那老婦人坐在輪椅上，茫然的凝視她們。嘉莉貝絲對她吼叫，但似乎引不起任何反應。

當她們告辭、走出門時，穿著破舊毛衣的男人各自給她們一個青蘋果。嘉莉貝絲在走上人行道後，突然轉過身、舉起手臂，使盡全力將那個蘋果朝男人的屋子扔去。蘋果砸在靠近前門的木板牆上，發出「砰」的一聲巨響。

「我最痛恨在萬聖節拿到蘋果！」嘉莉貝絲大聲說：「尤其是青蘋果。」

「嘉莉貝絲……我真的很擔心妳！」莎賓娜喊道，關切的看著她的朋友。「妳的舉動完全不像平時的妳。」

這句英文怎麼說

我真的很擔心你！
I'm worried about you!

沒錯，我今晚可不再是那隻受驚的可憐小老鼠。嘉莉貝絲忿恨的想著。

「把蘋果給我！」她命令莎賓娜，從她的袋子裡搶過蘋果。

「嘿——住手！」莎賓娜抗議道。

但嘉莉貝絲已經再度揚起手臂，把莎賓娜的蘋果扔向那間屋子。蘋果匡啷一聲，砸在鋁製的排水管上。

穿破舊毛衣的男人從門裡探出頭來，不可置信的喊道：「嘿——這是什麼意思？」

「快跑！」嘉莉貝絲大喊。

兩個女孩拔腿就跑，以最快的速度跑過一整條街，直到那棟房子消失在視線中，才停下腳步。

莎賓娜抓住嘉莉貝絲的肩膀，試著緩和急促的呼吸。

「妳瘋了！」她氣喘吁吁的說：「妳眞的瘋了！」

「物以類聚囉！」嘉莉貝絲顯得一派輕鬆，開玩笑的說。

結果兩個人都笑了起來。

嘉莉貝絲努力在街上搜尋著查克和史蒂夫。她看見一小群穿著萬聖節服裝的孩子聚集在街角，但是卻沒有查克和史蒂夫的蹤影。

這條街道兩旁是一些比較小的房子，排列得也擁擠些。

「我們分頭走吧。」嘉莉貝絲倚著掃帚柄，提議道：「這樣我們可以拿到更多的糖果。」

「嘉莉貝絲，妳根本就不喜歡吃糖呀！」莎賓娜皺皺眉，滿臉疑惑的看著她的朋友說。

然而嘉莉貝絲已經跑上了第一間屋子的車道，掃帚柄上的人頭隨著她的腳步，猛烈搖晃著。

這是我的夜晚！嘉莉貝絲心想，從應門的一個微笑婦人手中接過一條糖果棒。

我的夜晚！

她感到一股前所未有的興奮，還有一種她無法描述的感覺。一種飢渴的感覺……

這句英文怎麼說

一種她無法描述的感覺。
A strange feeling she couldn't describe.

幾分鐘後，她的購物袋變得沉重起來。她來到街道的尾端，在街角猶豫了一會兒，考慮是到對街要糖，還是要去下一條街。

她發現那兒特別陰暗，月亮再度消失在烏雲後面。街角的路燈熄滅了，也許是燈泡燒壞了。

在對面街上，四個年紀很小的孩子一邊咯咯笑著，一邊走近一家門廊上掛著南瓜燈的人家。

嘉莉貝絲聽見了聲音——男孩子的聲音，連忙躲進陰影中。是查克和史蒂夫嗎？

不，那聲音並不熟悉。他們正在討論接下來要上哪兒討糖果，其中一個想要回家，打電話給朋友。

給你們來點小小的驚嚇如何？嘉莉貝絲心想，一抹微笑旋即浮上臉孔。讓你們有個難忘的萬聖節夜晚如何？

她等在暗處，靜靜聆聽著，直到他們離她只有幾呎遠。

她現在能夠看見他們了，是兩個木乃伊，臉部用紗布包裹著。

他們越走越近，嘉莉貝絲靜心等待一個最佳時機。

接著她從陰影中一躍而出，發出一聲野獸般的怒吼，似乎把夜晚的空氣都撕裂了。

那兩個男孩倒抽一口冷氣，往後跳開。

「嘿——」其中一個男孩想要大喊，聲音卻卡在喉嚨裡。

另一個男孩的糖果袋掉到地上。當他撿起袋子時，嘉莉貝絲迅速伸出手，從他手裡搶過糖果袋，然後拔腿便跑。

「回來！」

「那是我的！」

「嘿——」

他們的叫聲又高又尖，充滿驚駭和恐懼。嘉莉貝絲跑過馬路，回頭一瞥，看看他們有沒有追過來。

沒有，他們太害怕了，只是站在街角縮成一團，對著她喊叫。

嘉莉貝絲緊緊抓住搶來的糖果袋，仰起頭來哈哈大笑。那是一種殘酷的笑聲、勝利的笑聲，一種她從來沒聽過的笑聲……

她把那個男孩袋子裡的糖果全都倒進自己的袋子裡，再把他那個袋子扔在地上。

她感覺很棒，棒極了！並覺得自己強而有力，準備再去尋找更多的樂子。

來吧！查克和史蒂夫，接下來輪到你們了！

這句英文怎麼說

接下來輪到你們了！

It's your turn next!

17.

幾分鐘後，嘉莉貝絲終於找到了查克和史蒂夫。

他們站在對街一戶人家門前的燈光下，檢視他們糖果袋裡的戰利品。

嘉莉貝絲縮身躲到人行道旁一棵大樹後面，窺視著他們，一顆心怦怦直跳。

他們兩個都沒有好好打扮。查克在頭上綁了一條大花手帕，還戴了一副黑眼罩；史蒂夫則是穿一件破舊風衣，戴著一頂舊網球帽，臉頰和額頭塗得黑黑的。

他是想扮成流浪漢嗎?嘉莉貝絲納悶著。

她看見他們翻著袋子，挑揀著裡頭的糖果。

他們顯然已經出來好一陣子了，袋子看起來挺滿的。

這句英文怎麼說

這樣行不通的。
This isn't going to work.

突然間，史蒂夫抬頭往她的方向瞥了一眼。

嘉莉貝絲連忙把頭縮回樹幹後面。

他看見她了嗎？

沒有。現在還不是時候，她告訴自己：爲了這一刻，妳已經等了這麼久，只爲了跟他們算個總帳，報復他們以往對妳的捉弄。

嘉莉貝絲看著他們走向下一戶人家的門廊。她從樹幹後頭竄了出來，差點被掃帚柄絆倒；接著跑過馬路，彎身伏在一道樹籬後面。

等他們出來的時候，我就跳出去，撲向他們。我一定會把他們嚇個半死！

由於早上下過雨，低矮的樹籬還是濕濕的，聞起來有股青草的甜香，晚風把葉子吹得瑟瑟發抖。

咦？那像哨子般的奇怪聲音是從哪兒來的？

嘉莉貝絲聽了好一會兒，才發現那是自己的呼吸聲。

她突然擔心起來。

這樣行不通的。她心想著。

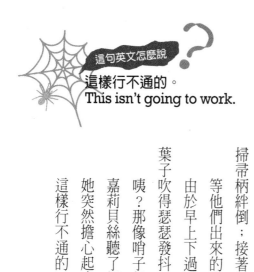

蹲在微微晃動的樹籬後面的身子伏得更低了。

我眞是個大笨蛋，查克和史蒂夫是不會被一個愚蠢的面具給嚇著的。

當我朝他們撲過去，他們只會哈哈大笑，就像平時那樣。

他們會嘲笑我，對我說：「嗨，嘉莉貝絲，妳看起來很不錯嘛！」這一類的話。然後他們會去告訴學校裡的每一個人，說我以爲自己有多嚇人，而他們一眼就看穿是我，我眞是個十足的蠢蛋。每個人都會把我當作笑柄，好好取笑一番。

我爲什麼會以爲這樣行得通呢？

我怎麼會認爲這是個很棒的點子呢？

嘉莉貝絲蹲伏在籬笆後面，感到自己的怒氣不斷增長。她氣她自己，也氣那兩個男孩。

她覺得自己的臉孔在醜怪面具裡熱得發燙，心臟更是怦怦亂跳個不停，急促的呼吸聲也在扁平鼻子裡咻咻直響。

查克和史蒂夫往這裡走過來了，她可以聽見他們的球鞋踩在碎石子車道上的嘎吱聲。

這句英文怎麼說

我為什麼會以為這樣行得通呢？
Why did I ever think this would work?

嘉莉貝絲繃緊腿上的肌肉，準備向前撲去。

好！她心想，深深吸了一口氣——

去吧！

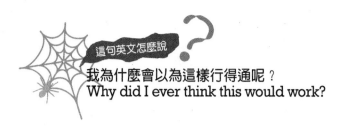

18.

眼前這一幕似乎都是以慢動作發生的。

那兩個男孩慢慢走過籬笆，他們彼此興奮的交談著，但是在嘉莉貝絲聽來，他們的聲音似乎又低沉、又遙遠。

她站起身來，跨出樹籬，以最高的音量尖聲咆哮。

即使是在黯淡的燈光下，她也能清楚看見他們的反應。

男孩們眼睛瞪得老大，嘴巴張得開開的，雙手往上一揮，高舉過頭。

史蒂夫喊出聲來，查克則抓住史蒂夫大衣的袖子。

嘉莉貝絲的吼聲在黑暗的草坪上迴響，聲音彷彿盤旋在空氣中。

整件事情進行得如此緩慢，慢得嘉莉貝絲可以看見查克的眉毛在抖動，下

這句英文怎麼說

她恫嚇似的揮動著掃帚柄。
She waved the broomstick menacingly.

巴也顫抖不已。

她看見當史蒂夫的眼睛從她的面具移到掃帚柄上的人頭時，目光中所閃動的恐懼神色。

她恫嚇似的揮動著掃帚柄。

史蒂夫發出一聲驚恐的抽噎。

查克瞠目結舌的凝視著嘉莉貝絲，驚駭的眼光緊盯著她的眼睛，無法移開。

「嘉莉貝絲……是、是妳嗎？」他終於勉強吐出這幾個字來。

嘉莉貝絲沒有回答，只是發出一聲野獸般的怒吼。

「你是誰？」史蒂夫問道，他的聲音在顫抖。

「那、那是嘉莉貝絲……我想，」查克對他說。「是妳嗎？嘉莉貝絲。」

史蒂夫乾笑一聲。「妳、妳……嚇壞我們了！」

「嘉莉貝絲……是妳嗎？」查克又問了一次。

嘉莉貝絲搖了搖掃帚柄，指著上面的人頭。

「這是嘉莉貝絲的頭。」她對他們說，聲音嘶啞而低沉。

「什麼？」兩個男孩都驚疑不定的往上看。

「這是嘉莉貝絲的頭，」她慢慢重複道，把人頭朝他們晃了晃。頭像臉上畫著的眼睛像是在對他們怒目而視。「今天晚上，可憐的嘉莉貝絲並不想失去她的頭，但我還是把它取了下來。」

兩個男孩抬頭盯著人頭像。

查克仍然緊緊抓著史蒂夫大衣的袖子不放。

史蒂夫又乾笑一聲，盯著嘉莉貝絲看，臉上滿是困惑的表情。「妳是嘉莉貝絲，對不對？妳是怎麼裝出那種奇怪聲音的？」

「它才是你們的朋友嘉莉貝絲，」她指著掃帚柄上的人頭吼道，「這是她剩下來的部分。」

查克用力吞嚥著口水，眼睛直楞楞的盯著那顆晃動的頭顱。史蒂夫則目不轉睛的注視著嘉莉貝絲的面具。

「交出你們的糖果！」嘉莉貝絲咆哮道，她對自己聲音裡的邪惡語氣感到訝異。

這句英文怎麼說

我可不是在開玩笑！
I'm not joking!

「什麼？」史蒂夫喊道。

「馬上交出糖果，否則你們的腦袋也會掛在這上頭。」

兩個男孩咯咯笑了起來，笑聲生硬而乾澀。

「我可不是在開玩笑！」嘉莉貝絲吼道。她的怒吼打斷了兩人的笑聲。

「嘉莉貝絲——幫幫忙，別鬧了！」查克猶疑不定的說，眼中仍隱隱透著恐懼感。

「是呀，別鬧了！」史蒂夫輕聲說。

「交出你們的袋子，」嘉莉貝絲口氣森冷的說：「否則腦袋瓜就得搬家！」

她威脅似的垂下掃帚柄，指著他們。

當她把掃帚柄放低時，三個人都緊盯著那張僵硬、畫著深色眼睛的臉孔，那張臉孔十分眞實，看起來好像嘉莉貝絲．考德威爾。

突然間，一陣微風從他們身邊迴旋而過，吹得那顆人頭在柄上晃來晃去。

接著，三個人都看見人頭的眼睛眨了眨。

一次，兩次……

褐色的眼睛眨了幾下，接著人頭上的嘴唇張了開來，發出乾澀粗嘎的聲音。

嘉莉貝絲嚇得無法動彈，跟那兩個男孩一起盯著那張臉孔。

他們三個全都看見嘴唇動了，聽見那乾澀破裂的聲音。

他們三個全都看見那兩片暗色的嘴唇抿在一塊，然後又分開。

他們全都看見那顆晃動的頭顱發出無聲的呼喊：「救救我！救救我！」

這句英文怎麼說

她好想仰起頭來大聲號叫。

She felt like tossing her head back and howling.

19.

嘉莉貝絲在驚恐之下，放開了手中的掃帚柄。它落在查克身旁，頭像則滾到了籬笆底下。

「它——它說話了！」史蒂夫喊道。

查克發出一聲低低的抽噎。

兩個男孩再沒說一句話，扔下糖果袋拔腿就跑，球鞋重重的踏在人行道上。

一陣風在嘉莉貝絲身旁迴旋，好像要把她圈在原地似的。

她好想仰起頭來大聲號叫。

她好想撕開外衣，飛向夜空。

她好想爬到樹上、跳上屋頂，朝著沒有星星的漆黑夜空狂吼。

她呆站了好一會兒，任由夜風繞著她打轉。那兩個男孩跑了，被嚇得落荒而逃。

嚇跑了！

嘉莉貝絲成功了。

她幾乎把查克和史蒂夫嚇個半死。

她知道自己永遠不會忘記他們臉上驚恐的表情，還有他們眼裡閃動的恐懼和難以置信的目光。

她也永遠忘不了這種勝利的感覺。

這種討回公道時令人震顫的甜美感覺。

有那麼短暫的一瞬間，她意識到自己也感到了恐懼。

她竟然想像掃帚柄上那顆頭顱復活了，還眨了眼睛，無聲的對他們說話。

在那短暫的一瞬間，她也沾染了那份恐懼，墜入自己設下的魔咒。

但是，那顆頭顱當然並沒有復活，她安慰著自己——那嘴唇當然也沒動，更不會發出無聲的請求：「救救我！救救我！」

這句英文怎麼說

現在這些都無關緊要了。
It didn't matter now.

她知道一定是影子在作怪，一定是月亮從游移的烏雲後面出現時，所投射的陰影在作怪。

頭像到哪兒去了？

她把那掃帚柄扔到哪裡去了？

現在這些都無關緊要了。

它們對她而言都不再有用處了。

嘉莉貝絲已經獲得勝利了。

她不禁跑了起來，狂亂的跑過門前的草坪，跳過矮樹和籬笆，在黝暗堅硬的地上飛奔著。

嘉莉貝絲漫無目地的奔跑著，兩旁的房屋從耳邊呼嘯而過。咻咻作響的狂風不停迴旋著，而她也跟著風一起旋轉，一會兒跑上人行道，一會兒穿過高聳的雜草，像一片無助的枯葉般隨風飛舞。

她握著鼓脹的糖果袋，越過一群群受驚的討糖小孩，奔跑過亮晃晃的南瓜燈、喀喀作響的骷髏。

嘉莉貝絲一直跑到喘不過氣才停了下來。

她停下腳步，氣喘吁吁的呼著氣，閉上眼睛，等待心跳恢復正常、太陽穴不再砰砰直跳。

突然間，一隻手從後面粗魯的抓住她的肩膀。

這句英文怎麼說

我想我是迷路了。

I guess I got lost.

20.

嘉莉貝絲大吃一驚，尖叫著回過身來。

「莎賓娜！」她上氣不接下氣的喊道。

莎賓娜咧嘴一笑，放開她的肩膀。

「我找了妳好久，」莎賓娜一臉責怪的問道：「妳上哪兒去了？」

「我……我想我是迷路了。」嘉莉貝絲回答，仍在努力緩和呼吸。

「前一分鐘妳還在那兒，下一分鐘就不見了。」莎賓娜一邊說，一邊調整她深色頭髮上的面具。

「妳進行得如何？」嘉莉貝絲問道，努力用平常的聲音說話。

「我把貓服弄破了，」莎賓娜皺眉抱怨道。她拉拉一條腿上的萊卡衣料，讓

嘉莉貝絲看那個破洞。「被一個愚蠢的信箱給勾破了。」

「眞倒楣。」嘉莉貝絲同情的說。

「妳那面具有嚇到人嗎？」莎賓娜仍繼續撫弄貓服褲腿上的破洞。

「嗯……嚇到幾個小孩子。」嘉莉貝絲輕描淡寫的帶過。

「這面具眞的很噁心。」莎賓娜說。

「所以我才會選它呀！」說完，兩個人都笑了起來。

「妳有要到很多糖果嗎？」莎賓娜一面問，一面拿起嘉莉貝絲的袋子仔細瞧著。

「哇啊！好多糖果哦！」

「我去了很多戶人家。」嘉莉貝絲說。

「我們先回我家去，瞧瞧我們的戰利品。」莎賓娜建議道。

「好呀！」嘉莉貝絲跟著她的朋友走過馬路。

「或者妳想要再去多討些糖果。」莎賓娜在街道中間停下腳步，提議道。

「不，我的糖已經夠多了。」她自顧自的笑了起來。

這句英文怎麼說

他們兩個真是膽小鬼。
They're such scaredy-cats.

我今晚想做的事都已經做到了。

兩人又再度上路。她們是逆風行走，但嘉莉貝絲卻一點也不覺得冷。

兩個穿著荷葉邊洋裝的女孩從她們身邊跑過。她們臉上塗得亮亮的，頭上戴著像拖把似的滑稽金色假髮。其中一個女孩看見嘉莉貝絲的面具時放慢了腳步，輕輕驚呼一聲，才又快步趕上其他同伴。

「妳有看到史蒂夫和查克嗎？我到處找他們都沒找著。」莎賓娜抱怨道，「這就是我今天晚上做的事情。我整晚都在找人，妳、史蒂夫和查克。爲什麼我們總是湊不到一塊兒？」

嘉莉貝絲聳聳肩，對莎賓娜說：「我看見他們了，就在幾分鐘以前，在剛才那邊。」

說著用頭比了一下位置。

「他們兩個眞是膽小鬼。」

「什麼？史蒂夫和查克？」莎賓娜的表情轉爲訝異。

「是呀，他們一看到我的面具就落荒而逃了，」嘉莉貝絲笑著對她說：「他們叫得像嬰兒似的。」

莎賓娜也笑了起來，接著大喊：「我眞不敢相信！他們平時總是一副很酷的樣子，而且……」

「我從背後叫他們，但他們還是跑個不停。」嘉莉貝絲咧嘴而笑。

「這可就奇怪了。」莎賓娜說。

「是很奇怪！」嘉莉貝絲附和道。

「他們不知道是妳嗎？」

嘉莉貝絲聳聳肩。「我不知道，他們只看了我一眼，便像兔子一樣的跑走了。」

「他們還跟我說他們打算要好好嚇唬妳呢！」莎賓娜不禁透露道，「他們準備悄悄溜到妳後面，做些可怕的怪聲或什麼的。」

嘉莉貝絲嗤之以鼻。「當你沒命似的逃跑時，恐怕很難溜到別人後面出怪聲吧！」

莎賓娜的家快到了，嘉莉貝絲換一隻手來提糖果袋。

這句英文怎麼說

我才不跟別人分！
I'm not sharing any of mine.

「我拿到了一些好東西，」莎賓娜一邊走，一邊往袋子裡瞄去。

「我得多要些糖，因爲得分給我表妹。她感冒了，今晚不能出來討糖果。」

「我才不跟別人分哩！」嘉莉貝絲說，「諾亞跟他的朋友出去要糖了，也許他會帶回夠吃一整年的糖果。」

「柯納莉太太今年又是給餅乾和爆米花，」莎賓娜嘆了一口氣，「看來只好把它們丟掉了。媽媽不准我吃任何沒有包裝的東西，她擔心有壞人會在裡頭下毒。我去年就不得不扔掉許多好東西。」

莎賓娜在她家大門上敲了敲，幾秒鐘後，她媽媽開了門，讓兩個女孩進屋。

「這面具眞特別，嘉莉貝絲。」她凝視著面具說：「妳們的收穫如何？」

「我想還不錯吧！」莎賓娜回答。

「嗯，記得……」

「我知道、我知道，媽媽。」莎賓娜不耐煩的打斷她。「沒有包裝的東西都得丟掉，就連水果也一樣。」

一等曼森太太回房，兩個女孩就把袋子翻了過來，將袋子裡的糖果全都倒在客廳的地毯上。

「嘿，妳瞧，一支大號的『銀河』巧克力棒！」她說著把巧克力棒從糖果堆裡拉出來。「這是我最愛吃的！」

嘉莉貝絲拿起一大塊藍色硬糖。「我最討厭這種糖！上回我吃這種糖時，差點把舌頭給割爛。」說完便把那塊糖丟到莎賓娜的糖果堆裡。

「多謝妳哦！」莎賓娜挖苦道。她拉下臉上的面具，扔在地毯上，然後甩甩頭上的黑髮，臉上紅通通的。

「啊，舒服多了。面具裡頭好熱……」她抬眼看著嘉莉貝絲說：「妳不把面具脫下來嗎？妳一定熱壞了！」

「嗯，好主意。」嘉莉貝絲根本就忘了她還戴著面具。

她伸出雙手，拉著面具的耳朵。

「哎喲！」面具一動也不動。

她又試著從頭頂上拉，接著又在兩邊臉頰上使勁拉扯。

「哎喲——」

這句英文怎麼說?

好主意。
Good idea.

「怎麼回事?」莎賓娜問道，她正專心的給糖果分類，分成好幾堆。

嘉莉貝絲沒有答話，她想從脖子處把面具給剝下來，又再度拉扯耳朵。

「嘉莉貝絲，怎麼啦?」莎賓娜問道，從糖果堆中抬起頭來。

「幫幫我!」嘉莉貝絲頓時驚恐萬分，尖聲哀求道:「拜託——幫幫我!這面具——這個面具脫不下來了!」

21.

莎賓娜跪坐在地板上，從糖果堆中抬起頭來瞥了一眼。

「嘉莉貝絲，妳別再鬧了！」

「我沒有！」嘉莉貝絲尖聲大喊，聲音裡滿是驚恐。

「妳今晚嚇人還沒嚇夠嗎？」莎賓娜舉起一個裝著糖果的透明塑膠袋。「不曉得媽媽會不會讓我留著它，這也算是有包裝。」

「我不是在嚇唬妳，我是認眞的！」嘉莉貝絲喊道，她拉著面具的耳朵，但卻無法抓牢。

「妳是眞的脫不下面具嗎？」莎賓娜扔下那袋糖果，站起身來。

嘉莉貝絲用力拉著面具的下巴。

這句英文怎麼說

別再鬧了！
Stop clowning around.

「哎喲！」她疼得大叫。「它……它黏在我的皮膚上了，快幫幫我啊！」

莎賓娜不禁笑了起來。「如果我們打電話請消防隊來幫妳脫下面具，一定會顯得很蠢。」

嘉莉貝絲一點也不覺得好笑。她用兩隻手抓住面具的頂端，使盡全力拽著，但面具仍絲毫不動。

莎賓娜的笑容消失了，她走到嘉莉貝絲身邊。

「妳不是在開玩笑……是不是？妳真的被卡住了。」

嘉莉貝絲點點頭。

「快點！」她不耐煩的催促道。「快幫我拉下來！」

「好熱喲！妳一定快悶死了。」莎賓娜抓著面具的頂端。

「妳快拉就是了！」嘉莉貝絲哀號著說。

莎賓娜使勁的拉著。

「哎喲！輕一點啦！」嘉莉貝絲喊道。「痛死我了！」

莎賓娜放輕力道，面具仍然卡得死緊。她再把雙手移到臉頰部位用力拉扯。

「哎喲！」嘉莉貝絲尖叫著，「它真的黏在我臉上了啦！」

「這是什麼東西做的？」莎賓娜目不轉睛的看著面具問道，「它摸起來不像橡皮，倒像是真的皮膚。」

「我不知道它是什麼東西做的，而且也不在乎。」嘉莉貝絲沒好氣的說，「我只想把它脫下來。也許，我們該用剪刀把它剪開。」

「那這個面具不就毀了？」

「我才不在乎呢！」嘉莉貝絲猛力拉著面具，大喊道：「我真的不在乎，只想趕快脫掉它！如果我沒辦法把它脫下來，我會發瘋的。我是說真的！」

「好、好，我們再試一次。如果再不行，就把它剪開。」莎賓娜把手放在好友肩上安慰著。

她瞇著眼睛檢視著面具。「我應該可以把手伸到面具底下把它拉起來……」莎賓娜繼續說出心中的想法，「如果我把手伸進脖子底下，就可以把面具撐開，再從上頭扯下來。」

「嗯，那就這樣吧，快點！」嘉莉貝絲懇求道。

這句英文怎麼說

這是什麼東西做的？
What's this thing made of？

但是莎賓娜並沒有動作，她檢查著面具，深色的眼睛越睜越大，嘴巴也張得開開的，輕輕的發出一聲驚呼。

「莎賓娜，怎麼回事？」嘉莉貝絲問道。

莎賓娜並沒有回答，只是伸出手指滑過嘉莉貝絲的喉嚨。

她驚訝的表情仍然凝結在臉上，接著又跑到嘉莉貝絲身後，用手撫摸她的後頸。

「怎麼了？到底怎麼回事？」嘉莉貝絲尖聲問道。

莎賓娜用手理理自己的黑髮，一臉嚴肅的皺起眉頭。

「嘉莉貝絲，」她終於開口了。「有件事情很不對勁。」

「什麼事情不對勁？」嘉莉貝絲緊張的問道。

「這個面具沒有邊緣。」

「什麼？」嘉莉貝絲猛的把手放到脖子上，慌亂的摸來摸去。「妳的意思是……」

「它沒有縫隙。」莎賓娜用顫抖的聲音對她說，「妳的皮膚和面具之間沒有縫隙，我的手伸不進去。」

「這太離譜了！」嘉莉貝絲尖聲喊道。她用手摸著喉嚨，使勁推擠自己的皮膚，想要找到面具的邊緣。「這太瘋狂了！太瘋狂了！」

莎賓娜用手捂著臉，五官因爲恐懼而緊繃著。

「這太瘋狂了！太瘋狂了……」嘉莉貝絲用一種又高又尖的聲音，驚恐的重複著。只不過當嘉莉貝絲用顫抖的手指拚命摸著脖子時，她發現莎賓娜說的話千眞萬確。

面具的邊緣不見了！它跟嘉莉貝絲的皮膚連成一片，中間沒有一絲絲縫隙。

整個面具和她的臉合而爲一了。

這句英文怎麼說

整個面具和她的臉合而為一了。
The mask had become her face.

22.

嘉莉貝絲雙腿顫抖，往門口的鏡子走去。

她的雙手一邊在脖子上狂亂摸索著，一邊走向那面長方形的大鏡子，把臉湊到鏡子前面。

「沒有縫隙！」她喊道：「我找不到面具的縫隙！」

莎賓娜站在她身後幾呎遠的地方，表情十分不安。

「我……我真搞不懂！」她喃喃說著，看著鏡子裡嘉莉貝絲的倒影。

「這不是我的眼睛！」嘉莉貝絲猛的吸了一口氣，忍不住尖叫道。

「什麼？」莎賓娜走到她身邊，一直盯著鏡子看。

「這不是我的眼睛！」嘉莉貝絲哀號著說。「我的眼睛不是這樣的！」

「冷靜一點，」莎賓娜輕聲安慰她：「妳的眼睛……」

「這不是我的眼睛！不是我的！」嘉莉貝絲不理會她的勸慰，繼續喊道：「我的眼睛到哪裡去了？我到哪裡去了？我到哪裡去了，莎賓娜，這個面具裡頭不是『我』！」

「嘉莉貝絲……拜託妳冷靜一點！」莎賓娜請求道。她的聲音有些梗塞，而且充滿了恐懼。

「這不是我！」嘉莉貝絲張大了嘴，驚恐的看著自己的倒影，雙手緊緊捂著面具猙獰起皺的臉頰。「這不是我啊！」

莎賓娜伸手去拉她，但嘉莉貝絲卻閃開了。

嘉莉貝絲發出一聲又高又尖的哀號，一種充滿恐懼與絕望的叫聲，然後衝過玄關，狂亂的扭動門鎖，啜泣著拉開了大門。

「嘉莉貝絲——停下來！回來！」

嘉莉貝絲不理會莎賓娜的呼喊，一頭衝進黑暗的夜色中，大門碰的一聲在她身後關上。

這句英文怎麼說

莎賓娜伸手去拉她。
Sabrina reached out to her friend.

她奔跑了起來，並聽見莎賓娜在門口急切的呼喊：「嘉莉貝絲——妳的外套！回來！妳忘了妳的外套啦！」

嘉莉貝絲的球鞋重重的踏過堅硬的地面，跑進樹下的陰影裡，似乎想要躲藏起來，不讓人看見自己可怕的臉孔。

她跑上人行道，向右一轉，繼續沒命似的奔跑著。

嘉莉貝絲也不知道自己要跑到哪兒去，她只知道自己得逃離莎賓娜，逃離那面鏡子……

她要逃離「她自己」，逃離她的臉，逃離那張用一雙可怕而不熟悉的眼睛、從鏡中瞪著她的醜陋臉孔。

那是別人的眼睛！她的頭上長著別人的眼睛。

只不過那已經不再是她的頭了，那是一顆連在她身上、醜陋的綠色妖怪的頭。

嘉莉貝絲再次發出一聲驚恐的呼喊，穿過街道，繼續狂奔著。

陰暗的樹木在她頭上顫抖、搖晃，在沒有星光的夜空下顯得黑黝黝的。房屋從耳邊呼嘯著飛過，窗口透出的橘色燈光混成模糊的一片。

她跑進黑暗的夜幕中，從那醜陋的扁平鼻子裡，咻咻的喘著氣。她迎著風底下那顆光滑的綠色頭顱，眼睛盯著地面，不停的往前奔跑。

然而，不管她把眼光轉向哪兒，她都能看見那個面具。她看見那個面具回瞪著她，那醜怪起皺的臉皮、閃閃發亮的橘黃色眼睛，還有一排排野獸般的尖銳牙齒。

我的臉……我的臉……

高八度的尖叫聲將她從胡思亂想中驚醒。

嘉莉貝絲抬頭一看，發現自己衝進了一群要糖果的小孩之間。他們大約有六、七個人，全都轉身對著她放聲尖叫，指指點點。

她張大了嘴巴，露出裡頭銳利的獠牙，對著他們咆哮，發出野獸般低沉的號叫。

號叫聲讓他們全都安靜了下來，直楞楞的盯著她瞧，想弄清楚她到底是在威嚇他們，或只是在開玩笑。

這句英文怎麼說

號叫聲讓他們全都安靜了下來。
The growl made them grow silent.

「妳是扮什麼啊？」一個穿著紅白相間小丑服裝的女孩問她。

我就是我，但卻又不是！

嘉莉貝絲苦澀的想著。

她沒有回答這個問題，只是低下頭來，轉身離去，又繼續奔跑了起來。

她聽見了他們的笑聲。嘉莉貝絲知道，他們是因爲鬆了一口氣而開心的笑，慶幸她走了。

她痛苦的嗚咽一聲，轉過街角繼續奔跑。

我要上哪兒去？我在做什麼？我要永遠這樣跑下去嗎？

這些問題在她腦海裡轟響著。

當那間派對用品店映入眼簾時，她停下了腳步。

對呀！那間派對用品店。

那個穿著古怪斗篷的男人。

他一定可以幫她，他一定知道該怎麼辦。

那個穿斗篷的男人一定知道該怎麼做才能把面具拿下來。

嘉莉貝絲的心中燃起一股希望，快步跑向那家店鋪。

但是當她接近店鋪時，她的希望破滅了，變得像那間商店的窗戶一般黯淡。

透過窗玻璃，她看見店裡的燈全都關了，就像外面的夜色一樣，一片漆黑。

派對用品店打烊了……

23.

嘉莉貝絲凝視著漆黑的店鋪，一股絕望朝她席捲而來。

她伸手貼著窗戶，把頭靠在窗玻璃上。她滾燙的額頭——應該說是面具滾燙的額頭——感到一陣冰涼。

她閉上了眼睛。

現在我該怎麼辦？我該怎麼做？

「這一切都只是個惡夢，」她喃喃自語，「是個惡夢！我現在要睜開眼睛，清醒過來。」

她睜開雙眼，看見了自己的眼睛——那雙閃閃發亮的橘黃色眼睛，映照在黑暗的窗玻璃上。

這句英文怎麼說

這一切都只是個惡夢。
It's all a bad dream.

她看見那張醜怪的臉孔陰鬱的瞪視著她。

「不——」一陣寒顫震動了她整個身軀，嘉莉貝絲一拳打在窗玻璃上，生氣的自問著，我爲什麼不肯穿媽媽做的鴨子裝？爲什麼我非得成爲萬聖節最可怕的怪物？爲什麼我非得嚇倒查克和史蒂夫？

她用力吞著口水。

現在我這輩子都得頂著這張臉到處嚇人了……

當這些折磨人的想法在她腦海中翻滾時，嘉莉貝絲突然注意到店裡有些動靜。她看見地板上有個黑影往這裡移動過來，並聽見了腳步聲。

大門嘎嘎作響，接著打開了一道縫。

店主探出頭來，瞇起眼睛看著嘉莉貝絲。

「我特地待到這麼晚，」他靜靜的說著，「就是料想妳會再回來。」

嘉莉貝絲很訝異他居然這麼冷靜。

「我……我脫不掉這個面具！」她一邊氣急敗壞的說，一邊拉著面具的頂端好讓他瞧瞧。

這句英文怎麼說

你知道我會再回來？
You know I'd come back?

「我知道。」店主的表情並沒有改變，「進來吧！」說完把大門拉開，往後退了一步。

嘉莉貝絲遲疑了一會兒，然後快步走進黑暗的店鋪裡。

屋子裡頭非常溫暖。店主打開櫃檯頂上的一盞燈，嘉莉貝絲發現他現在沒穿斗篷，只穿著白襯衫和黑色西裝褲。

「你知道我會再回來？」嘉莉貝絲尖聲問道，從面具裡發出的粗嘎聲音透著憤怒和迷惑。「你怎麼會知道？」

「我本來是不肯賣給妳的……」他盯著面具皺了皺眉，搖搖頭說，「妳還記得我本來是不肯賣給妳的吧？」

嘉莉貝絲不耐煩的說：「我記得。幫我脫下來就是了，好嗎？幫幫我。」

店主沒有回答，只是目不轉睛的盯著她。

「幫我脫下來，」嘉莉貝絲叫了起來，堅持道：「我要你把它拿下來！」

他嘆了一口氣，憂傷的對她說：「我不能，也拿不下來。我很抱歉！」

24.

「什、什麼意思？」嘉莉貝絲結結巴巴的問。

店主沒有回答。他轉身向店鋪後頭走去，並打手勢叫她跟來。

「回答我！」嘉莉貝絲尖叫道，「別走開！回答我啊！你說面具拿不下來是什麼意思？」

她跟著他來到後面的小房間，心臟怦怦直跳。

他扭開了電燈，嘉莉貝絲因爲突如其來的明亮光線而不停眨著眼睛。

房間裡兩大長排的醜怪面具映入眼簾，她看見架子上有個空位，那正是她的面具原來擺著的地方。

那些猙獰的面具似乎都在盯著她瞧，她強迫自己把目光移開。

這句英文怎麼說

因為它並不是個面具。
Because it isn't a mask.

「把這面具摘下來……馬上！」她擋住店主的去路，大聲要求他。

「我摘不下來。」他重複回道，聲音很輕，顯得有些哀傷。

「爲什麼不能？」嘉莉貝絲質問道。

他壓低聲音說：「因爲它並不是個面具。」

嘉莉貝絲目瞪口呆的望著他。她開張嘴巴，卻說不出半個字來。

「它並不是面具，而是一張真的臉。」

突然間，嘉莉貝絲覺得天旋地轉，地板似乎傾斜了起來。那兩排面具怒目瞪視著她，鼓脹突起、佈滿血絲的黃綠色眼睛似乎都死盯著她。

她退後幾步，靠在牆上，好讓自己能站穩一些。

店主走到陳列架前，指著那些怒眼圓睜的醜陋面具。

「這些都是沒人愛的。」他一臉哀傷、壓低聲音說著，就像耳語一般。

「我、我不明白……」嘉莉貝絲好不容易擠出這幾個字。

他解釋道，「它們不是面具，它們是……真正的臉！是我在實驗室裡創造出來的——真正的臉。」

「但是……但是它們這麼醜……」嘉莉貝絲開口道。「爲什麼……」

「它們原本並不醜，」他打斷她，聲音聽來十分苦澀，眼裡透著憤怒的神色。「它們很美，而且充滿生命。但是有個地方出了差錯，當它們被取出實驗室時，它們變樣了。我的實驗——我可憐的頭顱——失敗了。但是我必須讓它們活著，我必須如此。」

「我……我不相信！」嘉莉貝絲氣急敗壞的大喊，抬起手捂著臉龐兩側——那張綠色而扭曲的臉龐。「你說的話我一個字也不相信！」

「我說的都是實話。」店主用手摸了摸他細細的小鬍子，眼睛直視嘉莉貝絲，繼續說道：「我把它們擱在這兒，叫它們『沒人愛的臉』，因爲沒有人會想要看見它們。偶爾有人會無意間走進這個小房間——譬如妳——那麼就會有一個面具找到它的新家。」

「不——」嘉莉貝絲發出一聲抗議的呼喊，聽起來倒比較像是野獸的號叫，而非人類的叫聲。

她注視架子上那些猙獰扭曲的臉孔，那鼓脹的額頭、裂開的傷口，還有野獸般的獠牙。

怪物！它們全都是怪物！

「拿掉它！」她完全失去控制，一味的尖聲叫道，「拿掉它！拿掉它……」

她開始狂亂的撕扯她的臉，想要把面具扯下來，要把它撕成碎片。

「拿掉它！拿掉它！」

他舉起手，示意嘉莉貝絲安靜下來。「我很抱歉，這張臉現在已經變成妳的臉了。」他面無表情的說。

「不！」嘉莉貝絲用變了調的粗嘎嗓音說：「拿掉它！拿掉它——馬上！」

她撕扯著那張臉。但即使是在驚惶、盛怒之下，她也明白這些動作都是沒有用的。

「這張臉是可以拿下來的。」店主輕聲對她說。

「什麼？」嘉莉貝絲放下雙手，緊緊盯著他。「你說什麼？」

「我說，有個辦法可以拿下這張面具。」

「是嗎？」嘉莉貝絲感到一股強大的震顫——一股希望的震顫——衝過她的

背脊。

「要怎麼拿下來？告訴我，」她哀求道，「求求你……快告訴我！」

「我無法幫妳拿下來，」他皺了皺眉，回道，「但是我可以告訴妳該怎麼做。不過，如果這個面具再黏上妳或其他人的臉，那就永遠拿不下來了。」

「我該怎樣把它拿下來？告訴我！快告訴我！」嘉莉貝絲極力懇求道，「我要怎樣才能把它拿下來？」

這句英文怎麼說

我該怎樣把它拿下來？
How do I get it off?

25.

頭頂上的燈光閃爍了一下，一排排腫脹、扭曲的臉孔仍瞪視著嘉莉貝絲。

怪物。她心想。

一屋子的怪物都在等待復活。

而現在我也是其中之一，我也是個怪物了！

店主離開了陳列架，往嘉莉貝絲走來，腳下的地板嘎吱嘎吱的響著。

「我怎樣才能拿掉它？請你告訴我……現在立刻教我！」

「它只能被拿下來一次，」他輕聲重複著，「而且只有愛的象徵可以將它取下。」

她盯著店主，等待他繼續說下去。

屋子裡一片寂靜，沉重的寂靜。

「我、我不明白！」嘉莉貝絲結結巴巴的說，「你一定得幫我。我聽不懂你在說什麼，能不能說得明白些？救救我……」

「我只能說到這兒了。」他說著閉起眼睛，低下頭來，疲憊的用手揉著眼皮。

「但是，你說的『愛的象徵』是什麼意思？」

嘉莉貝絲不停的追問，雙手抓著他的襯衫前襟。「什麼意思？到底是什麼意思？」

他並沒有拉開她的手，只是低聲重複道：「我只能說到這兒了。」

「不——」嘉莉貝絲大喊道：「不！你一定得幫幫我，你一定要幫我啊！」

她覺得心中的憤怒一下子迸開了，整個人已經失去控制，完全無法制止自己。

「我要我原來的臉！」她尖聲大叫，用兩隻拳頭搥著他的胸口。「我要我原來的臉！我要變回『原來的我』！」

她聲嘶力竭的尖叫著，但是她不在乎。

這句英文怎麼說

你把它們全都吵醒了！
You've awakened them all!

店主退後了幾步，用兩隻手示意她安靜下來。接著，他的眼睛因爲恐懼而猛然睜大。

嘉莉貝絲順著他的眼光望向那幾排陳列架。

「噢！」她看見一排排的臉孔開始動了起來，不禁發出一聲驚恐的呼喊。

突出的眼睛眨了起來，腫脹的舌頭舔著乾裂的嘴唇，深色的傷口開始顫動……

那些頭顱眨著眼睛搖擺不停，甚至還在「呼吸」著。

「這、這是怎麼一回事？」嘉莉貝絲顫抖著聲音說道。

「妳把它們全都吵醒了！」店主喊道，臉上的表情和她一樣驚恐。

「但、但是……」

「快跑！」他尖叫著用力將她往門口推了一把。

「快跑——」

26.

嘉莉貝絲遲疑了一下，轉過身來看著架子上晃動的頭顱。

肥厚的暗色嘴唇抖動起來，發出濕漉漉的吸吮聲。彎曲的獠牙上上下下的碰撞著，醜陋而不像人類的鼻子不停抽動，嗤嗤有聲的喘著氣。

那些頭顱、那整整兩排的頭顱，顫動著復活了！

而那些佈滿血絲、腫脹突起的眼睛，那綠色、病黃色和猩紅色的眼睛，還有用線穿著的噁心眼珠子——全都死盯著她看！

「快跑！妳吵醒它們了！」店主尖叫道，聲音因爲恐懼而梗塞了。「快跑！快點離開這裡！」

嘉莉貝絲想要逃跑，雙腿卻不聽使喚。她的膝蓋痠軟、發抖，突然覺得自己

這句英文怎麼說

嘉莉貝絲遲疑了一下。
Carly Beth hesitated.

彷彿有千斤重。

「快跑啊——！」店主不斷狂喊著。

嘉莉貝絲無法將目光從那些顫動、抽搐的頭顱上移開，她驚恐萬分的僵立在那，目瞪口呆的看著這恐怖的一幕，覺得自己的腿變得像果凍一般軟趴趴的，呼吸也梗在喉嚨裡吐不出來。

就在她眼睜睜的注視下，頭顱突然往上飛升，飄浮在半空中。

「跑！快跑！跑呀——！」店主的聲音聽起來好遙遠。

那些頭顱開始咕咕噥噥的發出含混不清的低沉聲音，把店主狂亂的喊叫聲給淹沒了。

它們激動的說著話，但只聽得見聲音，聽不出任何字句，就像一群青蛙齊聲鼓譟似的。

嘉莉貝絲嚇呆了，看著它們不斷上升、上升，在半空中飄浮著。

「快跑呀！」

對！快跑！

她轉過身，強迫自己抬起雙腿往前跑。

剎那間，一股力氣湧了上來，她奔跑了起來。

她跑過店鋪前面燈光黯淡的房間，用手握住門把，拉開了大門。

一秒鐘後，她跑上人行道，奔進黑暗的夜色中。嘉莉貝絲的球鞋重重的踩在路面上，感到一股冷空氣吹拂在自己滾燙的臉頰上。

她那滾燙、綠色的臉，那妖怪的臉，那張她脫不下來的妖怪臉孔……

她穿過街道，不停的狂奔。

那是什麼聲音？低沉、嘰嘰咕咕的聲音……

那彷彿跟隨著她的低聲咕噥？

跟隨著她？

「噢，不！」嘉莉貝絲回頭一瞧，不禁驚叫出聲——她看見那些陰森可怕的頭顱正在她身後飛舞，就好像一隊幽靈在遊行似的！

它們排成一列飛著，形成吱吱喳喳、上下顫動的一長串頭顱。它們的眼睛亮晃晃的發著光，像汽車的大燈一樣亮，全都緊緊盯著嘉莉貝絲。

這句英文怎麼說

她轉過身，強迫自己抬起雙腿往前跑。
She turned. She forced her legs to move.

嘉莉貝絲驚駭得喉頭梗塞，在人行道的邊緣失足絆倒。

她的雙手往前揮，努力恢復平衡；她的腿想要癱軟下來，卻被強迫著繼續往前跑。

她迎風彎著腰，使盡全力往前奔跑，越過黑暗的房屋和空地。

現在一定很晚了。

太晚了……

這幾個字閃過她的腦海。

對我來說是太晚了。

那些目露異光的醜陋頭顱在她身後飛著，越飛越近，越飛越近……

它們野獸般嘈雜的隆隆聲在她耳邊變得越來越響，直到那些嚇人的聲音似乎將她團團圍住。

陣陣強風呼嘯的刮著，像是故意要把她往後推去。

那喃喃低語的頭顱飄得更近了。

我正在跑過一個黑暗的惡夢。

我可能得永遠跑下去。

太晚了，對我來說是太晚了。

是這樣嗎？

在她惡夢般的恐慌中，一個念頭逐漸在她腦海中成形。當她跑著跑著，手臂在身前拚命揮舞，彷彿要抓住什麼安全的所在。

就在這時，她的心中浮現一個解答，一條出路。

愛的象徵！

在她身後隆隆的嘈雜聲響之間，店主的話霎時響了起來。

愛的象徵。

這將是她除掉這個妖怪頭顱的方法。

它是否也能阻止背後這些閃閃發光、顫動著向她追來的頭顱呢？它是否能把這些沒人愛的臉孔送回它們原來的地方呢？

嘉莉貝絲咻咻的喘著氣，轉過街角繼續跑著。她回頭一瞥，看見那些吱吱喳喳的頭顱也跟著轉了過來。

這句英文怎麼說

我可能得永遠跑下去。

I may run forever.

我在哪裡？

她納悶著，視線轉向身邊經過的房屋。

她之前太害怕了，無暇留意自己往哪裡奔跑。

但是現在，嘉莉貝絲想到了一個主意，一個孤注一擲的主意。

而她必須在那些醜怪的頭顱趕上她之前到達那兒。

她有一個愛的象徵，那就是她的頭像——媽媽爲她塑的石膏像。

嘉莉貝絲記得當她問媽媽爲什麼要做這個石膏像時，她媽媽回答：「因爲我愛妳。」

也許那個頭像能夠救她，也許它能幫助她逃出這個惡夢。

但是石膏像在哪裡？

她把它扔在一旁，丟在一道籬笆後面。她把它扔在某個人家的院子裡，而她現在又回到那條街上了。

她認得這條街，認得這些房子。

這裡就是她遇上查克和史蒂夫的地方，是她把他們嚇得落荒而逃的地方。

那棟房子在哪裡？那道籬笆又在哪裡呢？

她的眼睛狂亂的掃視著一座又一座庭院。她看見身後那些頭顱朝她聚攏過來，就像嗡嗡作響的蜜蜂一般，它們顫動著跳到一塊兒，咧嘴笑了起來，露出一種濕漉漉、醜陋的獰笑，準備向她逼近過來。

我一定得找到那個頭像！嘉莉貝絲對自己說。

她拚命喘著氣，死命強迫自己瘦軟無力的雙腿繼續往前移動。

我一定得找到自己的頭像！

隆隆不絕的嘰咕聲變得更響了，那些頭顱又聚攏一些。

「在哪裡？在哪裡啊？」她尖叫了出來。

接著她瞧見了那道高高的籬笆——就在對街——對街的院子前面。

那個頭像，那個漂亮的頭像——而她卻把它扔在籬笆後面。

她能在醜陋的頭顱包圍住她之前找到它嗎？

一定可以！

她深深吸了一口氣，不顧一切的向前伸出手臂，轉過身來跑過馬路。

這句英文怎麼說

它不見了！
It was gone.

嘉莉貝絲俯身衝到籬笆後面，雙手和膝蓋著地。她的胸口劇烈起伏著，發出刺耳的喘氣聲，頭上的血管也在怦怦亂跳。

她摸索著那個頭像。

它不見了！

27.

不見了……那個頭像不在了！

我最後的一線希望……

她盲目搜尋著，狂亂的摸索著籬笆底下。

不見了！

太晚了，來不及了……

她仍然跪坐在地上，回頭面對那群鬼魅般的追逐者。那些頭顱發著含混不清的聲音，飄到她的面前，形成一道圍牆。

嘉莉貝絲站起身來。

那道跳動著、由妖怪頭顱構成的圍牆漸漸向她逼近。

這句英文怎麼說

這是一個愛的象徵！
This is a symbol of love!

她轉過身來，想要尋找一條逃生的路徑。

然後她看見——她看見了自己的頭像！

在靠近車道的一顆大樹下，她看見自己的石膏頭像從兩根突起的樹根之間，向上仰望著她。

一定是風把它吹到這兒來的。

當那些醜陋的頭顱朝她跳躍過來時，她俯身衝到樹下，用雙手抓起那個頭像。

她發出一聲勝利的呼喊，把那個頭像轉向那些吱喳怪叫的頭顱，將它高高舉起。

「走開！走開！」嘉莉貝絲尖叫道，把頭像舉得高高的，好讓那些怪頭都能看見它。

「這是一個愛的象徵！這是愛的象徵！走開！」

那些怪頭聚攏在一塊兒，閃閃發光的眼睛盯著那個頭像。

它們激動的鼓譟著，扭曲的嘴唇露出濕答答的微笑。

「走開！走開！」

嘉莉貝絲聽見它們笑了起來，那是一種低沉、輕蔑的笑聲。

接著它們快速移動起來，把她團團圍住，似乎迫不及待想要將她一口吞下。

這句英文怎麼說

她的主意失敗了。

Her idea had failed.

28.

太晚了……來不及了……

這些字句在嘉莉貝絲的腦海中重複著。

她的主意失敗了。

那些頭顱在她四周盤旋，嘴裡流著口水，眼睛鼓了起來，興奮的發出勝利的光芒。

它們喃喃的吱喳聲變成了吼叫，嘉莉貝絲覺得自己被它們發出的那股惡臭熱氣緊緊包裹住了。

她不假思索的放低頭像，用力往她那顆醜陋的妖怪頭顱上罩了下去。

令她訝異的是，頭像居然像面具一般滑了下去，套在她的頭上。

我竟然把自己的臉像面具一般戴在頭上。

她不禁苦澀的想著。

當她拉下頭像時，眼前頓時一片漆黑。

頭像上面沒有眼洞，她看不見外頭、也聽不見聲音了。

那些可怕的頭顱到底會怎樣對付她呢？

除卻心底的恐懼之外，她不禁納悶著。

我也會變成一張沒人愛的臉嗎？我會不會和它們一起，被陳列在架子上呢？

嘉莉貝絲被一片黑暗包圍，在寂靜中等待著。

她等了又等，可以感到血液湧向太陽穴，一陣陣恐懼在胸中顫動，喉嚨裡乾得發痛。

它們想要做什麼？

它們在做什麼？

她再也無法忍受獨自一個人被封閉在恐懼中、被寂靜和黑暗所包圍，於是用力一扯，拉掉了那個頭像。

這句英文怎麼說

面具和她的脖子之間出現了一道縫隙。
There was a gap between the mask and her neck.

那些猙獰的頭顱不見了。

消失了！

嘉莉貝絲難以置信的看著前方，接著又往陰暗的草坪掃視。她的目光搜尋著樹梢和灌木叢，還瞇起眼睛望了望房屋與房屋之間的空隙。

不見了！

它們離開了。

嘉莉貝絲在濕冷的草地上坐了好一會兒，把頭像擱在膝上，沉重的喘氣，眼睛凝望著空曠寂靜的前院。

不久，她的呼吸恢復了正常，便站起身來。

這時風力減緩了一些，蒼白的弦月從烏雲中探出臉來。

嘉莉貝絲覺得有什麼東西在她脖子上拍動。

她吃了一驚，伸手摸到了面具的邊緣。

面具的邊緣？

沒錯！面具和她的脖子之間出現了一道縫隙。

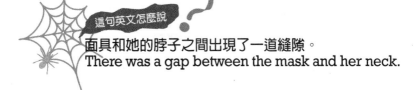

「嘿！」她驚喜的喊出聲來，把頭像輕輕放在腳邊，舉起雙手抓住面具的底部，往上一拉。

面具輕易的脫下來了！

她又驚又喜，把面具放低，拿在面前摺疊起來，然後又放開。

那像火焰般發出灼熱光芒的橘色眼睛已經黯淡下來，野獸般的銳利獠牙也變得像橡膠一樣，軟趴趴的。

「你只是個面具罷了！」她大聲喊道。「你又變回面具了！」

她歡天喜地的大笑著，把面具拋上天空，然後又接住。

它只能被拿下來一次。

店主對她說過。

只能用愛的象徵取下一次。

我成功了！

嘉莉貝絲開心的對自己說。

我把它拿下來了。

這句英文怎麼說

它只能被拿下來一次。
It can be removed only once.

不用擔心——我絕不會再戴上去了！

絕對不會！

她突然間覺得筋疲力盡。

我得趕緊回家，現在也許已經接近午夜了。

大部分的人家都熄燈了，街上不再有車輛行駛，討糖果的小孩也都回家去了。

嘉莉貝絲彎腰拾起頭像，她拿著面具和石膏像，快步往家裡走去。

當嘉莉貝絲走上她家的車道時，突然停下腳步。

她伸起一隻手，摸著自己的臉。

我的臉回復原狀了嗎？

她納悶著摸摸臉頰，並以手指滑過自己的鼻子。

這是我原來的臉嗎？我看起來像我嗎？

光靠手摸是分辨不出來的。

「我得趕緊找面鏡子！」她喊出聲來。

嘉莉貝絲急著找一面鏡子看看自己的臉是否已經恢復原狀，她衝到門前，按下電鈴。

幾秒鐘後門開了，諾亞出現在門口，拉著大門。

他抬眼看著她的臉，開始尖叫道：「脫掉那個面具！快脫掉它！妳眞是難看死了！」

這句英文怎麼說

你真是難看死了！
You're so ugly!

29.

「不！」

嘉莉貝絲驚恐的大喊。

一定是那個面具把她的臉給變醜了——她這麼想著。

「不、不——！」

她推開弟弟，把面具和頭像都扔在地上，跑到玄關的鏡子前面。

她的臉從鏡中凝視著她。

完全正常，是她原來的臉——是她完好如初的臉。

她深棕色的眼睛、寬闊的前額，還有短短的鼻子——那個她一直希望能夠變長的鼻子。

我以後再也不會嫌棄自己的鼻子了。她開心的想著。

她的臉又回復正常了，完全正常！

當她注視著鏡中的自己時，聽見了諾亞在門口大笑。

她生氣的轉過身來。

「諾亞——你太過分了！」

他笑得更厲害了。「我只是開開玩笑，想不到妳竟然眞的上當了。」

「那對我來說可不是個玩笑！」嘉莉貝絲生氣的大喊。

她媽媽出現在走廊的另一頭。「嘉莉貝絲，妳上哪兒去了？我以爲妳一個鐘頭前就該回來了。」

「對不起，媽媽。」嘉莉貝絲回答，咧嘴笑了起來。

我眞的太高興了，可能會永遠笑個不停。

「說來話長……」她告訴媽媽：「這是一個很長、很奇怪的故事。」

「但妳沒事吧？」考德威爾太太瞇起眼睛，仔細打量著她的女兒。

「嗯，我沒事。」嘉莉貝絲說。

這句英文怎麼說

那對我來說可不是個玩笑！
It was no joke to me!

「到廚房來，我替妳留了一些熱蘋果汁。」

嘉莉貝絲順從的跟著媽媽進入廚房。廚房裡既溫暖又明亮，空氣中瀰漫著蘋果汁的甜香。

嘉莉貝絲這輩子從來沒有這麼高興能回到家裡。

她擁抱一下媽媽，便在長桌前面坐下。

「妳爲什麼沒穿鴨子裝呢？」考德威爾太太倒了一杯滾燙的蘋果汁，又問道：「妳上哪兒去了？爲什麼沒跟莎賓娜在一起呢？莎賓娜已經打過兩次電話來了，不知道妳到底發生了什麼事。」

「嗯……」嘉莉貝絲開口說：「這是個很長的故事。」

「反正我又沒急著要去哪裡。」她媽媽說著把一杯蘋果汁放在嘉莉貝絲面前，然後斜倚在長桌邊上，用一隻手托著下巴。

「說吧！」

「嗯……」嘉莉貝絲猶豫著。

「一切都過去了，媽媽，完全沒事了。但是……」

她還來不及繼續說下去，諾亞就衝進廚房。

「嘿，嘉莉貝絲——」他以一種深沉而粗啞的聲音喊道：「妳看！我戴上妳的面具了，看起來怎麼樣？」

這通心粉簡直就是用橡皮做的。
This macaroni is made of rubber.

那件事真是太愚蠢了！
That was really stupid.

也許有一天，換我來嚇嚇你們。
Maybe I'll scare you some day.

妳要吃三明治嗎？這我不要了。
Want a sandwich? I don't want it.

我會生病的！
I'm going to be sick!

我一定會找他們算帳。
I'll pay them back.

他們怎麼能這樣對我？
How could they do that to me?

我剛從博物館的美術課回來。
I just came from my art class at the museum.

我要讓大家嚇個半死！
I want to be scary.

只有一個方法可以知道。
There was only one way to find out.

我只是試穿看看。
I was just trying it on.

你太容易被嚇到了。
You're so scare-able.

我不可能被嚇到。
I'm not going to get scared.

又騙到你啦！
Gotcha again.

我們什麼時候碰面？
What time should I meet you?

我不需要承認任何事情。
I don't have to admit anything!

真是個陰森的夜晚。
What a creepy night.

店鋪已經打烊了。
The store was closed.

你想要找什麼樣的面具？
What kind of mask are you looking for?

我得請你快點做決定了。
I must ask you to make your choice.

它們看起來好逼真！
They seemed so real.

她突然覺得頭昏腦脹。
She suddenly felt dizzy.

它們是非賣品。
They are not for sale.

這不是錢的問題。
It's not a matter of money.

我得找人試試這個面具的效果。
I've got to try this mask out on someone.

你在哪兒？我的小白鼠？
Where are you, my little guinea pig?

我來找你了！
I'm coming for you!

你認不出我的牛仔褲嗎？
Don't you recognize my jeans?

你是怎麼做到的？
How did you do that?

它真的跟我一模一樣。
It really does look just like me.

這個面具實在太完美了。
The mask is perfect.

我有點趕耶。
I'm kind of in a hurry.

我愛死萬聖節了！
I love Halloween!

你們準備嚇個半死吧！
Get ready for a scare.

放過我們吧！
Leave us alone!

我們還想要些糖果呢！
We want to get some candy!

女人冷冷的對嘉莉貝絲瞪了最後一眼。
The woman gave Carly Beth one last cold stare.

你是從哪兒弄來的？
Where did you get it?

你的面具是在哪兒買的？
Where did you buy your mask?

你把我嚇得半死！
You scared me to death!

不給糖果就搗蛋！
Trick or Treat!

我真的很擔心你！
I'm worried about you!

- 一種她無法描述的感覺。
  A strange feeling she couldn’t describe.
- 接下來輪到你們了！
  It’s your turn next!
- 這樣行不通的。
  This isn’t going to work.
- 我為什麼會以為這樣行得通呢？
  Why did I ever think this would work?
- 她恫嚇似的揮動著掃帚柄。
  She waved the broomstick menacingly.
- 我可不是在開玩笑！
  I’m not joking!
- 她好想仰起頭來大聲號叫。
  She felt like tossing her head back and howling.
- 現在這些都無關緊要了。
  It didn't matter now.
- 我想我是迷路了。
  I guess I got lost.
- 他們兩個真是膽小鬼。
  They’re such scaredy-cats.
- 我才不跟別人分！
  I'm not sharing any of mine.
- 好主意。
  Good idea.
- 別再鬧了！
  Stop clowning around.
- 這是什麼東西做的？
  What’s this thing made of ?

整個面具和她的臉合而為一了。
The mask had become her face.

莎賓娜伸手去拉她。
Sabrina reached out to her friend.

號叫聲讓他們全都安靜了下來。
The growl made them grow silent.

這一切都只是個惡夢。
It's all a bad dream.

你知道我會再回來？
You know I'd come back?

因為它並不是個面具。
Because it isn't a mask.

我說的都是實話。
I'm telling the truth.

我該怎樣把它拿下來？
How do I get it off?

你把它們全都吵醒了！
You've awakened them all!

嘉莉貝絲遲疑了一下。
Carly Beth hesitated.

她轉過身，強迫自己抬起雙腿往前跑。
She turned. She forced her legs to move.

我可能得永遠跑下去。
I may run forever.

它不見了！
It was gone.

這是一個愛的象徵！
This is a symbol of love!

- 她的主意失敗了。

  Her idea had failed.

- 面具和她的脖子之間出現了一道縫隙。

  There was a gap between the mask and her neck.

- 它只能被拿下來一次。

  It can be removed only once.

- 你真是難看死了！

  You're so ugly!

- 那對我來說可不是個玩笑！

  It was no joke to me!

雞皮疙瘩系列 05

魔鬼面具

原著書名── The Haunted Mask
原出版社── Scholastic Inc.
作　　者── R.L. 史坦恩（R.L.STINE）
譯　　者── 孫梅君
責任編輯── 劉枚瑛、何若文
文字編輯── 艾思

國家圖書館出版品預行編目 (CIP) 資料

魔鬼面具 / R. L. 史坦恩 (R. L. Stine) 著；孫梅君譯．
-- 2 版．-- 臺北市：商周出版：家庭傳媒城邦分公司發行，
民 104.07 176 面；14.8 x 21 公分．--（雞皮疙瘩系列；5）
譯自 :The Haunted Mask
ISBN 978-986-272-824-6(平裝)
874.59　　104009566

版　　權── 翁靜如、吳亭儀
行銷業務── 林彥伶、石一志
總 編 輯── 何宜珍
總 經 理── 彭之琬
發 行 人── 何飛鵬
法律顧問── 台英國際商務法律事務所 羅明通律師
出　　版── 商周出版
臺北市中山區民生東路二段 141 號 9 樓
電話：(02) 2500-7008 傳真：(02) 2500-7759
E-mail：bwp.service @ cite.com.tw
發　　行── 英屬蓋曼群島商家庭傳媒股份有限公司城邦分公司
臺北市中山區民生東路二段 141 號 2 樓
讀者服務專線：0800-020-299 24 小時傳真服務：(02)2517-0999
讀者服務信箱 E-mail：cs @ cite.com.tw
劃撥帳號── 19833503 戶名：英屬蓋曼群島商家庭傳媒股份有限公司城邦分公司
訂購服務── 書虫股份有限公司客服專線：(02)2500-7718；2500-7719
服務時間：週一至週五上午 09:30-12:00；下午 13:30-17:00
24 小時傳真專線：(02)2500-1990；2500-1991
劃撥帳號：19863813 戶名：書虫股份有限公司
E-mail：service@readingclub.com.tw
香港發行所── 城邦（香港）出版集團有限公司
香港 灣仔 駱克道 193 號超商業中心 1 樓
電話：(852) 2508-6231 傳真：(852) 2578-9337
馬新發行所── 城邦（馬新）出版集團
Cité (M) Sdn. Bhd. 41, Jalan Radin Anum,
Bandar Baru Sri Petaling, 57000 Kuala Lumpur, Malaysia.
電話：(603)9057-8822 傳真：(603)9057-6622
商周出版部落格── http://bwp25007008.pixnet.net/blog
政院新聞局北市業字第 913 號

美術設計── 王秀惠
印　　刷── 卡樂彩色製版有限公司
總 經 銷── 高見文化行銷股份有限公司 客服專線：0800-055-365
電話：(02)2668-9005 傳真：(02)2668-9790

■ 2003 年（民 92）04 月初版
■ 2021 年（民 110）10 月 25 日 2 版 3 刷
■ 定價 / 199 元

ISBN 978-986-272-824-6

Printed in Taiwan
城邦讀書花園
www.cite.com.tw

商周出版

廣　告　回　函
北區郵政管理登記證
台北廣字第000791號
郵資已付，免貼郵票

104 台北市民生東路二段 141 號 9 樓

城邦文化事業（股）有限公司

商周出版 收

請沿虛線對摺，謝謝！

Goosebumps

雞皮疙瘩

商周出版

書號：BG7045　　書名：**魔鬼面具**　　編碼：

請於此處用膠水黏貼

商周出版

讀者回函卡

謝謝您購買我們出版的書籍！請費心填寫此回函卡，我們將不定期寄上城邦集團最新的出版訊息。

姓名：＿＿＿＿＿＿＿＿＿＿ 性別：□男 □女

生日：西元 ＿＿＿＿ 年 ＿＿＿＿ 月 ＿＿＿＿ 日

聯絡地址：＿＿＿＿＿＿＿＿＿＿

聯絡電話：＿＿＿＿＿＿＿＿ 傳真：＿＿＿＿＿＿＿＿

E-mail：＿＿＿＿＿＿＿＿＿＿

學歷：□1.小學 □2.國中 □3.高中 □4.大專 □5.研究所以上

職業：□1.學生 □2.軍公教 □3.服務 □4.金融 □5.製造 □6.資訊
□7.傳播 □8.自由業 □9.農漁牧 □10.家管 □11.退休 □12.其他
＿＿＿＿＿＿＿＿＿＿

您從何種方式得知本書消息？
□1.書店 □2.網路 □3.報紙 □4.雜誌 □5.廣播 □6.電視 □7.親友推薦
□8.其他 ＿＿＿＿＿＿＿＿＿＿

您在哪裡購買本書？
□1.金石堂（含金石堂網路書店） □2.誠品 □3.博客來 □4.何嘉仁
□5.其他 ＿＿＿＿＿＿＿＿＿＿

您喜歡閱讀的小說題材是？
□1.浪漫 □2.推理 □3.恐怖 □4.歷史 □5.科幻/奇幻 □6.冒險
□7.校園 □8.其他 ＿＿＿＿＿＿＿＿

您最喜歡的小說作家？
華人：＿＿＿＿＿＿＿＿ 國外：＿＿＿＿＿＿＿＿

最近看過最好看的小說是哪一本？
＿＿＿＿＿＿＿＿＿＿

請於此處用膠水黏貼

Goosebumps®

Goosebumps®